寺山修司

Terayama Shuji

葉名尻竜一

コレクション日本歌人選040
Collected Works of Japanese Poets

笠間書院

『寺山修司』正誤表

	誤	正
2頁　01の短歌	われはソネット	われのソネット
20頁　1行目	五月八日	五月九日
48頁　19の短歌	アルコオル漬け	アルコオル漬

笠間書院編集部

『寺山修司』——目次

凡例

一、本書には、昭和時代の前衛歌人・寺山修司の歌三十九首を載せた。

一、本書は、詠歌の背景まで掘り下げることを特色とし、寺山の波瀾に富んだ人生に迫ることに重点をおいた。

一、本書は、次の項目からなる。「作品本文」「出典」「口語訳（大意）」「鑑賞」「脚注」・「略伝」「略年譜」「筆者解説」「読書案内」「付録エッセイ」。

一、作品本文は、主として寺山修司歌集（現代歌人文庫）に拠り、適宜読みやすくした。

一、鑑賞は、基本的には一首につき見開き二ページを当てたが、重要な作には特に四ページを当てたものがある。

寺山修司

01

そら豆の殻《から》一せいに鳴る夕《ゆう》母《べ》につながるわれはソネット

【出典】『空には本』燃ゆる頬・森番

そら豆の豆の殻が、空いっぱいに鳴る夕べ。お母さんへつながる僕は、押韻詩のまっ最中。

一九五三（昭和二十八）年、短歌界における二つの巨星《きよせい》が消えた。二月に、斎藤茂吉《さいとうもきち》（七十歳）が心臓ぜんそくのために、九月に、釈 迢空《しやくちようくう》〔折口信夫《おりくちしのぶ》〕（六十六歳）が胃がんのために亡くなった。歌壇は羅針盤《らしんばん》をなくしたが、同時に、重石《おもし》が除《の》けられたのである。

短歌総合誌「短歌研究」の若き編集長だった中井英夫《*なかいひでお》は、結社《けつしや》単位の年功序列に風穴《かざあな》を開けるべく、翌年、新人発掘の企画を立ち上げた。

＊中井英夫―作家・編集者。「短歌研究」「短歌」等の雑誌編集を担い、戦後の前衛

その第一回「五十首応募作品」に入賞したのは、三十一歳の、中城《なかじょう》ふみ子だった。

「*乳房喪失《ちぶさそうしつ》」と題された短歌を、青森市内の書店で立ち読みした十八歳の寺山修司は、詠嘆的《えいたんてき》でない、こんなに激しい歌い方をしている作品が受賞するなんてすごい、と興奮して友人に語っている。

早稲田大学教育学部に入学した寺山が、「チエホフ祭《さい》」で第二回「五十首応募作品」特選に選ばれるのは、それから約半年後である。

戦後すぐの歌壇の主潮は、自分たちの負った敗戦の〈傷〉を精一杯さし示すことだった。ところが、戦後十年目にして、そういう〈傷〉を全く身に負わない若さがようやく出てきた。二十歳前後の歌人たちによって担《にな》われた*〈傷のない若さ〉とは、戦争の試練を歌わないことだったのだ。

01の短歌は、受賞後はじめて「短歌研究」に掲載された連作の一首。

「そら豆」は原産地が北アフリカから南西アジア辺《あた》りで、新石器時代にはすでに栽培化され、エジプトのピラミッドの遺跡からも発見されている。

哲学者のピュタゴラスは、この「そら豆」を大変嫌っていたらしい。形状が冥界《めいかい》ハデスの門に似ているというのが理由だ。また、生気を多く含

短歌の俊英たちを世に送った。評論『黒衣の短歌史』小説『虚無への供物』(一九二二—一九九三)。

*乳房喪失—中城ふみ子は乳がんを患っていた。受賞作の一首は次のとおり。救ひなき裸木と雪のここにして乳房喪失のわが声とほる

*傷のない若さ—座談会「明日を展く歌—傷のない若さのために—」(「短歌研究」一九五五・一)。

んでいるので、ギリシア・ローマ時代には、食べ過ぎると胃の具合を悪くするとも信じられていた。実際、マメ科の植物にはちょっぴり有毒物質を含むものがある。

そんな不吉な植物が日本へ伝来したのは奈良時代。インドの僧が行基《*ぎょうき》に贈ったという伝説が残っている。

漢字では「蚕豆」「空豆」と書く。蚕《かいこ》が繭《まゆ》をつくる頃に美味しくなるためとも、莢《さや》が直立するように空に向かって伸びるためとも言われている。

俳諧歳時記《はいかいさいじき》では、夏の季語である。

では、「そら豆の殻一せいに鳴る」とはどんな場面だろうか。

手で莢《さや》を剝《む》くときにパカッと鳴る音は、確かに実際的だろうが、キッチンの狭い空間に音を響かせては、何とも寂しい。

それよりは、たわわに実った広大なそら豆畑で、一粒ずつの豆が自らの力で殻を破りゆく、そんな想像の音を大空一面に響かせたい。

短歌上の〈私〉の視線は、莢《さや》の形状に導かれるようにして上空へと伸びてゆき、薄紅《うすくれない》の透明感ただよう空模様を、瞳《ひとみ》に映す。

そのとき、豆が莢《さや》から弾《はじ》け飛ぶなどという実際には起きないだろう現象

*行基―奈良時代の僧。東大寺大仏造営の勧進《かんじん》に起用され、のち大僧正の称号を授かる（六六八―七四九）。

が、まるで生育するそら豆たちの会話のように「きみも？」「ええ、わたしも」「みんなも！」という共鳴の韻律《いんりつ》として、耳へと届くのだ。

ソネットとは、一編が十四行からなるヨーロッパの抒情詩型《じょじょうしけい》のこと。〈私〉は、まさにソネットを書いているところかもしれないが、散文にはない押韻《おういん》を、「一せいに鳴る」という詩句に読んでもよいだろう。

母子家庭で育った寺山は、中学から高校にかけての時期に、その母親とも別れて暮らしている。

その間、親代わりをしたのは大叔父《おおおじ》の坂本勇三・きゑ夫妻である。青森市で歌舞伎座という映画館を経営していた。

一人で居候《いそうろう》をしていた寺山にとって、詩句「母につながる」は、離れて暮らしていても互いにつながっていることを確認するための表現だ。

「豆」を歌った類歌に、少女と「倖せをわかつ」ようにして握りしめた*「南京豆」、「自由の歌」を我がものにしようと蒔《ま》いた*「そら豆」などがある。

*南京豆……—倖せをわかつごとくに握りいし南京豆を少女にあたう（『空には本』）。

*そら豆……—この土地のここにそら豆蒔くごとくわれら領せり自由の歌を（『血と麦』）。

02

海を知らぬ少女の前に麦藁帽《むぎわらぼう》のわれは両手をひろげていたり

【出典】『空には本』燃ゆる頬・森番

まだ海を見たことのない少女の前で、麦わら帽子の僕は両手を大きく広げているんだ。

第二回「五十首応募」の特選作品は、三十四首しか掲載されていない。第一回の中城《なかじょう》ふみ子の作品も、同様に足りない。

これは、編集長の中井英夫《なかいひでお》が、作品を絶対に添削《てんさく》しない代わりに、作品数を削って掲載するという方針をとったからだ。未知の作家の生《なま》原稿から、これこそはという確信を得るのは、中井の眼識《がんしき》をもってしても難しかった。

中井は、受賞後の寺山を「いかにも北の国育ちの少年らしい孤独と人恋し

＊第二回「五十首応募」―01の鑑賞参照。

＊いかにも北の…―中井英夫「眠れゴーレム」(一九七二)。

さとはやはり美しい」と評しているが、応募作品だけでは確信できなかったのか、何と、寺山本人を日本短歌社まで呼び出している。会ってから決めようというわけである。

学生帽を斜《なな》めにかぶった田舎くさい青年だったと中井は言うが、同席していた助手の杉山正樹《すぎやませいじゅ》*によると、目鼻立ちあざやかな長身の少年にたちまち中井は魅了された、と二人の出会いを見ている。朴訥《ぼくとつ》とした津軽訛《なま》りに、同郷の作家・太宰治《だざいおさむ》の姿も重ねていたのだろう。

02の短歌も、どこか純朴《じゅんぼく》で人擦《ひとず》れしていない地方性を残しながら、なおかつ、映画のワンシーンのように洗練されている。

寺山には、「海の記憶もたず病みいる君のため」*と始まる類歌もあるから、この短歌の「少女」も、生まれてからずっと病身で部屋に込もりがちだったのではないかと想像される。空気のきれいな緑眩《まぶ》しい高原の病室で、ゆっくりと療養中なのかもしれない。

実際、寺山は、この短歌を病院のベッドのうえで創った。十九歳の春に、混合性腎臓炎《こんごうせいじんぞうえん》で立川市の病院に二ヶ月間ほど入院している。

寺山は病んだ身体で、心の透きとおった「少女」を造形したのだ。

*杉山正樹―評論家・編集者。「短歌研究」編集長（中井英夫の後任）。『寺山修司・遊戯の人』（二〇〇〇）。（一九三三―二〇〇九）。

*海の記憶……―海の記憶もたず病みいる君のためかなかな啼けり身を透きながら（『血と麦』）。

しかし、このような創造の関係性は、作者の寺山と作品の「少女」との間だけではなかった。

「時代と年齢にのびのびと慣れ寄っている。若くて生活のにがさを正面からうけていないらしいから、幾度でも転身して表現を変えてゆける自由さを楽しんでいるようだし、その自由さが面白い」と、当時の重鎮《じゅうちん》だった*宮柊《みやしゅう》二《じ》は、寺山のデビューを評している。だが、この〈無傷の青春〉というイメージこそ、実は、編集者の中井英夫が創造し推《お》し進めたものだった。

中井には、当時の歌壇が「老化を神聖とし、沈滞《ちんたい》を深化と勘ちがい」しているように映った。だから、リフレッシュのためにも、〈傷〉のない青春像が必要だった。自分を売り出したかった寺山も、その要望に応《こた》えたわけだ。

また一方で、作品の基底《きてい》にながれる少年の痛恨《つうこん》を見抜いていた同時代評*もあった。寺山は、戦争で父を亡くしている。この世代は、親不在という〈傷〉をもった少年期を送っていることを忘れてはならない。

さて、短歌であるが、「麦藁帽のわれ」は海を見た経験を鼻に掛けて、横《おう》柄《へい》に振る舞っているわけではないだろう。

それよりは、ほんのりと〈性〉を意識しているように感じる。異性への自

＊宮柊二―歌人。山西省に応召。歌集『山西省』『小紺珠』。日本芸術院会員（一九一二―一九八六）。

＊同時代評―山田あき。歌人・坪野哲久の妻。プロレタリア歌人同盟。歌集『山河無限』（一九〇〇―一九九六）。

覚は、ときに思いもよらぬ大胆さを発揮したりするが、だからと言って、このシーンのあとに「われ」の手が「少女」の手を握りしめにゆくとは想えない。あくまでも海の大きさを、両手をいっぱいに広げて「少女」へ示すことに夢中なのだ。

「われ」は「少女」に、自分を大きな「海」として見つめてくれることを求めているのではないだろうか。

「少女」の目差《まなざ》しが、両手をひろげた「われ」の指先をたどって、想像の水平線を真一文字に重ねるとき、「われ」のうちに想い描く広大な「海」の姿も完成するのであろう。

少年はいつだって、*憧《あこが》れと怖れのように、自らを二つに切り裂くものを抱えている。だから、両手を広げるという行為も、明確な自信から成しているはずはない。手が届きそうで届かない、何かが出来そうで出来ないもどかしさのなかで、いつも少年は行動している。

そんな少年にとって、両手は、*大空を憧れる翼でもあった。

＊憧れと怖れ―少年のわが夏逝けりあこがれしゆえに怖れし海を見ぬまに（『空には本』）。

＊大空を憧れる翼―飛べぬゆえいつも両手をひろげ眠る自転車修理工の少年（『血と麦』）。

03

とびやすき葡萄《ぶどう》の汁で汚すなかれ虐《しいた》げられし少年の詩を

【出典】『空には本』燃ゆる頬・森番

飛び散りやすいブドウの汁で汚してはならない。虐げられた少年の詩を。

「成熟という悪しき病いを免《まぬが》れた同時代の唯ひとりの者だった」と結ばれた追悼文《ついとうぶん》*がある。

一体、「成熟」を免れるとは、どういうことだろうか。

寺山の短歌に、〈一〉が多いことを指摘した評*がある。

「一本の樹」「一本の釘《くぎ》」「一羽の鷹」「一枚の肖像」「杭《くい》一本」「樽《たる》一つ」など、この〈一〉には特徴があって、複数へ繁殖《はんしょく》しようとは決して志すことのな

＊追悼文―映画監督・大島《おおしま》渚《なぎさ》「最後の日々」（一九八三）。

＊評―松浦寿輝《まつうらひさき》「一であることの抒情」（一九八三）。

い〈一〉で、〈一〉なるものの孤独に耐える姿を表わしているというのだ。

例えば、それは土の中にある種子が、春の萌芽《ほうが》を自ら拒否し、暗い孤独のうちに沈潜《ちんせん》するあり方なのである。

この〈一〉に対して、詩句「葡萄」は、類歌に「葡萄熟れし夜をあこがれて」とあるように、まさに対義的な「成熟」を意味していよう。

ここでは、その「葡萄の汁」で「少年の詩」を汚してはならないと戒《いまし》める。

寺山は長編叙事詩『地獄変』に、小学生の頃、ノートの左ページには「虫」、右ページには「葉」と書き、それからノートをパタパタと閉じたり開いたりするうちに、自らが「蝶」を生み出したことに気づいたと書いている。

これは、宮沢賢治『銀河鉄道の夜』のジョバンニ少年が、活版所《かっぱんじょ》で活字を拾うアルバイトに夢中になることと似ていよう。

二つのエピソードは、有限数の活字から無限の言葉が誕生する様《さま》を、少年たちが一種の魔法として発見することを意味している。

言葉を、〈モノ〉のように扱うことで、孤独な少年は思春期の心を慰《なぐさ》めた。

それなのに、大人たちは訳知り顔で、言葉をぞんざいに扱ってはならない、言葉を勝手にばらばらにしてはいけないと諭《さと》すのだ。

＊葡萄熟れし……―葡萄熟れし夜をあこがれてまっくらな鏡のなかに墜ちゆくロミオ（『空には本』）。

＊宮沢賢治―詩人・童話作家。詩集『春と修羅』童話『注文の多い料理店』（一八九六―一九三三）。

＊活版所―鉛《なまり》合金の頂面に文字や記号を凸起させた「活字」を組んで版型をつくり、印刷する技術が活版印刷である。十五世紀に発明され、かつては印刷技術の主流をなした。

04

煙草《たばこ》くさき国語教師が言うときに明日という語は最もかなし

【出典】『空には本』燃ゆる頬・森番

いつもタバコ臭い国語教師が口にする「明日」。その語の響きは、とても哀しい。

三沢市から大叔父《おおおじ》のいる青森市へ引っ越したのは、寺山が中学二年生のとき。母が突然、寺山を置いて米軍将校について行ってしまったからだ。「上司が九州に転勤することとなり、私は職を失わないために修ちゃんを残していくことにしました」*と、母はその経緯《けいい》をふり返る。

三沢にあった四坪《つぼ》ほどの家は、スモールハウスと呼ばれた。寺山はその家に一人でいることが多かったので、いつしか友だちが集まる所となっていた。

*上司が九州に……「鳩よ」(一九九一・四)のインタビュー。

青森市へ引っ越してからも、寺山は度々《たびたび》その家へ帰った。

そんな寺山を見かねて、三沢にいる友人が、短歌をつくっていた国語教師・中野トクを紹介したのである。

中野とは教室での関係はなかったが、一人息子を持ち、離婚経験のある中野のもとへ、寺山は足繁《しげ》く通うようになる。手作りの料理を食べながら、夢や文学を語り合える食卓は、寺山が求めても得られなかった家庭であった。

中野の手元には、寺山からの七十五通にものぼる書簡が残されている。そのなかの*一枚に、高校生の寺山が創った短歌がある。

それは、*「田舎教師の表札」を、どこかへ埋めてしまうというもの。

中学生の頃から俳句創作はしていたが、短歌の経験はまだ浅かったので、短歌として成立しているかどうかを不安げに尋《たず》ねているのが、微笑《ほほえ》ましい。

その後、歌壇デビューを果たした寺山が「田舎教師」を詠むときは、土地に縛られた人生を描写することが多くなる。

例えば、*一枚の羽根を、お守りのように帽子に付けるだけで安心してしまい、決して飛翔しようとしない「田舎教師」。また、「田舎教師」に就職が決まり、*ヒキガエルの跳躍《ちようやく》を愛《いと》おしむことしか出来なくなった友人など。

*一枚に——一九五三年十二月二十八日消印の葉書。

*田舎教師の表札…——夕焼けし田舎教師の表札をなかば埋むは何の巣藁ぞ

*一枚の羽根を…——一枚の羽根を帽子に挿せるのみ田舎教師は飛ばない男（『血と麦』）。

*ヒキガエルの…——蟇の子の跳躍いとおしむごとし田舎教師にきまりし友は（『空には本』）。

ところが、中野宛《あて》に創作された短歌では異なる。

そこでは土地の呪縛《じゅばく》から、脱出を試みているのだ。「田舎教師」は、自ら「表札」を土に埋めて、ふる里を離れようとしたことがわかる。ただし、「表札」は半分ほどしか埋まっておらず、いつ帰郷しても迷わないように、目印として地中から頭を覗《のぞ》かせている。

勇ましく出て行ったはよいが、上手くいかなかったらどうしようか。そんな不安を拭いきれていない。

寺山が三沢と青森との間を、一人で行き来していたことを考えると、この短歌の心根《こころね》は本人に近い。しかし、作歌したときの寺山はまだ高校生で「田舎教師」の年齢ではない。

中野トクは、授業中に裸婦《らふ》の載った画集を回すなど、当時の女性教師としてはモダンで大胆《だいたん》なところがあった。やさしさのなかに、気性の激しさを指摘する知人もいる。

寺山は自らの胸中だけでなく、中野の隠された都会への〈夢〉と地方に残る〈現実〉にも思いを馳《は》せて、この「田舎教師」を造形したのかもしれない。

では、04の短歌の「国語教師」には、誰が読み込まれているのだろう。

こちらの「国語教師」は、徹底的に批判される。
「国語教師」は、おそらく未成年の頃から喫煙をし、そう振舞うことで、大人社会への反抗を匂わせていた人物に違いない。教師になってからは、生徒の前で昔の武勇伝を自慢し、「明日」という語に〈希望〉のニュアンスを込めて遣《つか》う。しかし、本人は一度たりとも人生に挑戦したことなどなく、紫《し》煙《えん》のように燻《くすぶ》るだけだ。「国語教師」の言葉は、煙草の臭《にお》いように胡散臭《うさんくさ》い。

土地を離れることを決断している短歌上の〈私〉は、そんな「国語教師」を貶《けな》し、不憫《ふびん》に思っている。やはり「国語教師」は、ここでも教師であった中野トクを投影しているのだろうか。

だが、先の中野宛《あて》のハガキから約三ヶ月後に、寺山が早稲田大学の教育学部国語国文学科に進学していることが、気にかかる。

順当に考えれば、寺山自身が「国語教師」になっていたかもしれないのだ。

ハガキに書いた習作に比べて、歌壇の人となった寺山が創った三首の結句は、「最もかなし」「飛ばない男」「決まりし友は」と、価値判断を明確にする。

つまり、この「国語教師」は、在ったかもしれない寺山修司なのではないか。歌人の寺山は、虚構としての「寺山修司」を揶揄《やゆ》したのだろう。

05

ころがりしカンカン帽を追うごとくふるさとの道駈《か》けて帰らむ

【出典】『空には本』燃ゆる頬・森番

転がるカンカン帽を追いかけて、ふる里の道を走って帰ろう。

寺山には『*大人狩り』というラジオドラマがある。*野田秀樹《のだひでき》には『*少年狩り』という演劇がある。一九六〇年代「小劇場運動」の旗手の一人と目された寺山は、野田の『少年狩り』を観て、「明るく正しいのだが、しかし、その内実はおそろしくエゴチックで、冷たい遊眠宇宙だ」と*評した。

これは、芝居全体への批評だが、一方で「少年」への言及にもなっていよう。二人に共通しているのは、「少年」や「大人」という言葉を用いるとき

＊大人狩り―一九六〇・二、RKB毎日放送。

＊野田秀樹―演出家・俳優。劇団「夢の遊眠社」解散後、NODA・MAP。演劇『赤鬼』『THE BEE』（一九五五―　）。

＊少年狩り―一九七九・九、駒場小劇場。

の、その意味の幅《はば》だ。

寺山のラジオドラマは、放送されるやいなや、暴力革命によって大人社会の転覆《てんぷく》を子供たちに促《うなが》しているという理由で、福岡県教職員連盟からクレームがついた。その反響に対して、寺山は、あらゆる政治権力に潜む「小児性」を拡大しただけだと反論する。

一方で、野田の演劇には、大人社会は少年たちよって演じられた仮構《かこう》だといった認識がある。大人とは、実は「少年のパロディ」に過ぎないと言うのである。

では、05の短歌上の〈私〉は、一体「少年」なのだろうか、それとも「大人」なのだろうか。

仮に「少年」ならば、あまり「ふるさと」とは表現しないだろう。「ふるさと」とは、故郷をあとにした経験のある者の言い方だから。けれども、「大人」は恥ずかしくて、「カンカン帽」*を走って追いかけたりはしない。

この短歌全体が抱える世界は、「大人」が純粋に少年期を夢想するといったロマン主義なのではなく、「少年」が一旦《いったん》「大人」の素振《そぶ》りをし、それから再び少年期を顧《かえり》みるといった、二重の作為《さくい》で成立している。

*評―一九七九・十・十五、東京大学新聞。

*カンカン帽―かたく編んだ麦わら帽子のこと。

06

ふるさとの訛《なま》りなくせし友といてモカ珈琲はかくまでにがし

【出典】『空には本』燃ゆる頬・森番

方言の訛りを直した友と飲む、モカコーヒーはこんなに苦いか。

終生、寺山は青森訛《なま》りを直さなかった。また、写真を撮影するときは、あまりカラーで撮ることはせず、モノクロで撮《と》ってから人工着色をすることが多かったようだ。

では、この短歌の場合、「訛りなくせし」とは何を意味しているのだろう。同郷の友人が、上京後に、標準語を話すようになってゆく様子を想像するのは容易《たやす》い。

例えば、友人は「モカ珈琲」を美味《おい》しそうに飲む。けれども、自分の口には合わない。都会の風で洗練された友人に比べて、訛りを上手《うま》く直せない自分は、まだ「モカ珈琲」を味わえない。その引け目の感情を「かくまでにがし」と表現してみる。

ところが、大都会の東京は、西欧都市ほどに厳格な構図はなくて、たんなる「名称を失った村の集合体」*であるといった認識を差し挟《はさ》むと、一転する。つまり、東京が、「訛りなくせし」村のことになるのだ。

そうであるなら〈私〉は訛りをなくした「友」と対面《たいめん》しているのではなく、本当は「東京」と対面していることになるのではないか。そんな「東京」との対面を、「にがし」と言っているのではないか。

訛りを直した同郷の友に、より田舎臭さを感じるようにして、〈私〉は「東京」の街を感じている。「東京」の「モカ珈琲」は、憧《あこが》れていた分だけ、苦味が強い。

詩句「かくまでにがし」とは、「東京」を憧れざるを得なかった自身の境遇《きょうぐう》への感情表現なのだろう。

後年の、見せ物小屋の復権を謳《うた》った演劇が、地方ではなく、都市中心で興行されたのは、「訛りなくせし」集合体への新たな命名行為だったのである。

＊名称を失った村…―磯崎新「自在な応答」（一九八三）。

07

駈《か》けてきてふいにとまればわれをこえてゆく風たちの時を呼ぶこえ

【出典】『空には本』季節が僕を連れ去ったあとに

> 駈けて来てふと立ち止まると、僕を追い越す。風たちの時を呼ぶ声。

一九八三年五月八日、青山斎場にて、寺山の告別式が行われた。

葬儀委員長は*谷川俊太郎《たにかわしゅんたろう》。司会を*萩原朔美《はぎわらさくみ》、友人代表が*篠田正浩《しのだまさひろ》。遺族席には、*九條今日子《くじょうきょうこ》、*田中未知《たなかみち》、*高橋《たかはし》ひとみが並んだ。弔辞《ちょうじ》を、*中井英夫《なかいひでお》、*山田太一《やまだたいち》、*唐十郎《からじゅうろう》、*鈴木忠志《すずきただし》、*山口昌男《やまぐちまさお》が読んだ。

喪主《もしゅ》は母・はつ、であるが「わたしは知らないよ。修ちゃんは死んでなんかいないよ！」と言って、出席していない。

*谷川俊太郎―詩人。詩集『二十億光年の孤独』（一九三一― ）。

*萩原朔美―演出家。「演劇実験室・天井桟敷」在籍（一九四六― ）。

*篠田正浩―映画監督。映画『乾いた湖』（脚本・寺山修司）（一九三一― ）。

しかし、参列者に配られた「ごあいさつ状」には、葬儀委員長と喪主との連名で07の短歌が添えられている。おそらく「われをこえてゆく」という詩句が、選ばれた理由だろう。

「演劇実験室・天井桟敷《てんじょうさじき》」の劇団員たちの申し出で、最後の公演となった「レミング」の主題歌*を、全員で合唱することになった。

「みんなが行ってしまったら／わたしは一人で　手紙を書こう／みんなが行ってしまったら／この世で最後の　煙草を喫おう」

「一番最後でもいいからさ／世界の果てまで連れてって／take me　」

歌詞の内容は、偶然にも「ごあいさつ状」の短歌と相聞の関係をつくり出した。

一人、人生の「時」を止めた寺山修司。「何してるんだ。早く、来いよ」と振り返る仲間たちの「声」。告別式は、寺山の実験劇のように〈主人不在〉の見事な演劇空間になった。

世界には、「そこ」にいない間だけ語れるような「ここ」がある。例えば、夢は目覚めてからしか語り得《え》ないように。

今、この世にいない寺山は、予言的にこの短歌を作ったことになるのだ。

*九條今日子―女優。元妻（一九三五―　）。

*田中未知―寺山修司の秘書兼マネージャー（一九四五―　）。

*高橋ひとみ―女優。「演劇実験室・天井桟敷」在籍（一九六一―　）。

*中井英夫―01の脚注参照。

*山田太一―脚本家。TV『岸辺のアルバム』（一九三四―　）。

*唐十郎―劇作家・演出家。演劇『腰巻きお仙』（一九四〇―　）。

*鈴木忠志―演出家。演劇『劇的なるものをめぐってII』（一九三九―　）。

*山口昌男―文化人類学者。『道化の民俗学』（一九三一―　）。

*主題歌―「Come down Moses」
作詩　寺山修司
作曲　J・A・シーザー

08

空にまく種子選ばむと抱きつつ夏美のなかにわが入りゆく

【出典】『空には本』夏美の歌・空の種子

空に蒔いた種子を選ぼう。ぎゅっと抱きしめた夏美のなかに、僕は入っていく。

夏美とは、一体誰か。第一歌集『空には本』には「夏美の歌」の章段があり、十七首の短歌が収められている。初の長編戯曲『血は立ったまま眠っている』*のヒロインの名も夏美である。

この夏美には、実在のモデルがいた。ファンレターをきっかけに知り合った二歳年下の女性だ。

寺山は腎臓《じんぞう》の病の再発で、今度は社会保険中央病院に三年間ほど入院する。

*血は立った…―一九六〇・七、東京・都市センターホール。劇団四季（演出・浅利慶太）。

送られてきた手紙に対して、病室へ遊びに来るようにと、返事を書いた。寺山を見舞う知人たちも、この画家の卵であった夏美を病院で見かけており、小柄なやさしい顔立ちの美少女だった、と印象記を残している。

寺山はその少し前に、早稲田大学の同級生への一方的な恋に破れていた。自分のことを「詩人さん」と呼んでくれる夏美は、病んだ寺山に、外界の風を届けてくれる女性となった。

「夏美のなかにわが入りゆく」といった甘美な表現は、辛《つら》い現実を忘れるために必要だった詩句だろうが、そこへやすやす*と入っていくことのできる相手をはじめて得た少年の、全身での歓喜が感じられよう。

この詩句を解釈するヒントが、谷崎潤一郎*の小説『春琴抄』にある。主人公の少女は、盲目ゆえに小鳥の鳴き声を聴くのを好んだ。時々、弟子の佐助を呼んで、小鳥を籠《かご》から出させ、庭に飛ばして遊ばせた。

このとき、空に飛翔《ひしょう》しながら鳴く小鳥の声は、庭の実寸を遥《はる》かに超えたスケールを、少女のなかに造り出したはずだ。

この小鳥を放つように「空にまく種子」。同様に、寺山にとって「夏美のなか」は、身体のスケールを超えた拡《ひろ》がりを持っていたに違いない。

*そこへやすやす……岡井隆「寺山修司における〈私性〉の発生と変貌」（一九八三）。

*谷崎潤一郎……小説家。小説『細雪』、『陰翳礼賛』（一八八六―一九六五）。

09

太陽のなかに蒔《ま》きゆく種子のごとくしずかにわれら頬《ほお》燃ゆるとき

【出典】『空には本』夏美の歌・朝のひばり

太陽のなかに蒔かれた種子のように、僕らの頬は静かに燃え出す。

「青い種子は太陽の中にある　ソレル」

これは、「チエホフ祭」*に付された詞書《ことばが》きである。ソレルとは、スタンダール『赤と黒』の主人公・ジュリアン・ソレルのこと。貧しくとも野心ある青年が立身出世を望むとき、軍人（赤）か聖職者（黒）かの道しかなかった時代の物語。

ところが、詞書きに使われた成句《せいく》は、小説のどこを探しても出てこない。

＊チエホフ祭―10の鑑賞参照。

なぜなら、寺山自らが勝手に*拵《こしら》えた言葉だったから。それは、引用のかたちを借りた創作だった。だが、拵えものだとしても、どこか、ソレルらしさを感じさせるから不思議だ。と同時に、寺山の野心もにじみでている。

　寺山修司の「青い種子」は、燃えたつ太陽のなかに蒔《ま》かれた。

　母と離れ、大叔父の家から野脇中学校へ通い始めた寺山は、そこで運命的な友人と出会う。のちに短詩型のライバルとなる京武久美《きょうぶひさよし》である。

　青森高校に進学した二人は、文化祭の一環として、「第一回全国高校生俳句コンクール」を開催する。受験雑誌の俳句投稿欄で入選していた高校生に呼びかけて作品を集め、*金子兜太《かねことうた》や*秋元不死男《あきもとふじお》など著名な俳人に送って、順位をつけてもらった。この成功をきっかけに、高校生による全国レベルの俳句同人誌「*牧羊神《ぼくようしん》」を創刊する。京武も、全国規模までは考えてなかったようで、改めて、寺山の行動力に驚いている。

　しかし、第一回コンクールの一等は、京武であった。その中に、「*父還《かえ》せ」と始まる俳句がある。これに刺激を受けた寺山は、直《す》ぐさま「母逝《い》く」の俳句を創作したようだ。

　そのとき寺山の母は、もちろん、まだ亡くなっていない。

＊拵えた言葉―堂本正樹「寺山修司論序説―万引騎手流離譚―」（一九八三）。

＊金子兜太―俳人。「海程」主宰。日本芸術院会員。句集『少年』『両神』（一九一九― ）。

＊秋元不死男―俳人。「現代俳句協会」幹事、「俳人協会」副会長歴任。句集『瘤』『万座』（一九〇一―一九七七）。

＊牧羊神―一九五四・二―一九五五・九。全国から集まった二十四人のメンバーで創刊。「創刊の辞」は、寺山が書いている。

＊父還せ…―父還せ空に大きく雪なぐる

10

チエホフ祭《さい》のビラのはられし林檎の木かすかに揺《ゆ》るる汽車過ぐるたび

【出典】『空には本』チエホフ祭

チェーホフ祭のチラシの貼られたリンゴの木。わずかに揺らめく、汽車が通過するたび。

青森という場が温存していた〈前近代性〉が、寺山の短歌のなかで力強い*アール・ヌーボーになったとの*評がある。これに近い発想は、*宮沢賢治《みやざわけんじ》だろう。賢治は故郷の岩手（歴史的仮名遣《れきしてきかなづか》いで「いはて」）を、心象風景の「イーハトーブ」と呼んだ。

ともに、当世風にアレンジされた田舎の光景が浮かぶ。東京ではなく、地方都市に在ってのモダニスムだ。

*アール・ヌーボー―十九世紀末に欧州で興った芸術様式の総称。植物を模した波状曲線を装飾の特徴とする。フランス語で「新しい芸術」の意味。イギリスでは「モダン・スタイル」と呼ばれている。

*評―篠田正浩「言語宇宙へ

この短歌に、モダニスムの風味を感じるとしたら、それは「チエホフ祭」の詩句ではないか。

第二回「五十首応募作品」のタイトルは「チエホフ祭」である。しかし、この表題は、編集長だった中井英夫《なかいひでお》が勝手に付けた名前だ。もともとの応募原稿には「父還《かえ》せ」と記されていた。ところが、表題にあたる短歌*を削って特選としたため、それに代わる表題が必要になったのである。

そのようにして、中井にまとめられた作品群には、「チエホフ祭」の詩句をつかった短歌がもう一首入っている。

「莨火《たばこび》を床に踏み消して立ちあがるチエホフ祭の若き俳優」

これがのちに、模倣《もほう》問題として騒がれることになる短歌のうちの一首だ。雑誌「短歌研究」に寺山の受賞作が掲載されると、「時事新報」の俳壇時評から、その判定一寸《ちょっと》待ったの声がかかる。作品に、寺山自身の俳句からのアレンジがあると指摘したのだ。寺山は、短歌を作るのに、自作の俳句の焼き直しをしたとの批判だった。

この模倣問題に対して、すぐさま雑誌の特集*などが組まれた。

俳壇は、「俳句は*公式や符牒《ふちょう》ではない。ましてや感覚的な言葉のクロスワ

の飛翔」（一九八三）。

*宮沢賢治—03の脚注参照。

*短歌—作文に「父さんを還せ」と書きたりし鮮人の子も馬鈴薯が好き

*特集—「俳句研究」（一九五五・二）。

*俳句は……—楠本憲吉《くすもとけんきち》「或る『十代』」（一九五五）。

ードパズルではない」と戒《いまし》めた。

また、歌壇は、寺山の短歌が*中村草田男《なかむらくさたお》や*西東三鬼《さいとうさんき》らの俳句からの剽窃《ひょうせつ》だと、*実例を挙げて示した。

先の短歌は、草田男の「燭《しょく》の火を莨火《たばこび》としつつチエホフ忌《き》」からだと言う。書いた記者は*若月彰《わかつきあきら》、「五十首応募作品」の前の受賞者・中城ふみ子の自称恋人である。剽窃をする者に、中城ふみ子の後を継ぐ資格はないと、個人的な情も込めての非難だった。受賞を決定した中井も、俳句までは目を通していなかったわけだ。

寺山は一連の問題に対して、*反論する。

若き草田男が、歌人の斎藤茂吉《さいとうもきち》から受け継いだものを、今一度、短歌に返そうとしたまでだと主張。そして、その目論見《もくろみ》の一つに「単語構成作法」をあげる。このあと、入院先の病室で手にする、*ロートレアモンの『マルドロールの歌』を予感させる発想である。

『マルドロールの歌』には「ミシンと洋傘との手術台のうえの、不意の出逢い」という有名なフレーズがあるが、前に引いた『銀河鉄道の夜』の、*活字を拾って言葉を組む作業がこれに近い。

*中村草田男—俳人。句集『長子』『萬緑』(一九〇一—一九八三)。

*西東三鬼—俳人。句集『旗』『夜の桃』(一九〇〇—一九六二)。

*実例—他に、次のような例がある。

向日葵の下に饒舌高きかな
人を訪わずば自己なき男　寺山修司

人を訪はずば自己なき男月見草　中村草田男

*若月彰—『乳房よ永遠なれ—薄幸の歌人中城ふみ子』(一九五五)。

*反論—「ロミイの代弁—短詩型へのエチュード」(一九五五)。

*ロートレアモン—フランスの詩人。『マルドロールの歌』は、第一次世界大戦後のシュルレアリストたちに決定的な影響を与えた(一八四六—一八七〇)。

*活字を拾って—03の鑑賞参

照。

既成の単語や詩句どうしの「不意の出逢い」は、予想外の衝撃でもって、作り手自身をも驚かせる。それは、作者の心の反映としての言語表現ではなく、言葉を〈モノ〉として扱うことで、新たな意味を作者自身に発見させる喜び。寺山にとって、作品は実作者のものではなかった。その言葉を必要とする人のものだったのだ。

草田男の詩句「チエホフ忌」は、ケガレからハレへと装いを新たに「チエホフ祭」となった。賢治の「イーハトーブ」のように、カタカナ表記が与えるモダンな印象を重視したためで、何も作家チエホフにこだわったわけではないだろう。おそらく、「チエホフ」は「ゴーリキー」や「イプセン」でもよかったはずである。

その「チエホフ祭」のチラシが、町なかの電柱や塀ではなく、なぜか「林檎の木」に貼られる。チラシは青森の地方性を象徴する「林檎」に、西洋の香味《こうみ》をまとわせる仕掛けだったのだろう。

だが、その一方で、都会《モダン》へ向かう汽車は〈私〉を残して通過していく。

青森を発《た》つ汽車の起こす、揺《ゆ》れ。それは地団駄《じだんだ》のように、若者の焦《あせ》りと歯痒《がゆ》さとを体現していた。

11

向日葵《ひまわり》は枯れつつ花を捧げおり父の墓標はわれより低し

【出典】『空には本』チエホフ祭

枯れかかったヒマワリを墓前に手向ける。父の墓標は、わが背丈より低い。

戦後派の短歌が、戦争を憎み、戦争によって喪《うしな》われた「青春を還《かえ》せ」*と歌ったとすれば、次世代の寺山の短歌は、戦争によって殺された「父を還せ」というモチーフに裏打ちされていた。

第二回「五十首応募作品」特選の「父還せ」の原題が、友人からの借りもの*だったとしても、世代的には普遍性をもったタイトルだったのである。

父・八郎は、弘前署の警察官だった。五回の転勤を繰り返したのち、特別

＊青春を還せ―岡井隆「寺山修司における〈私性〉の発生と変貌」（一九八三）。

＊借りもの―09の鑑賞参照。

高等警察官となる。実家は、三沢（旧・古間木《ふるまき》）駅前で食堂を経営していた。
一九四一年、寺山が五歳のときに、父は召集《しようしゆう》され南方に出征《しゆっせい》している。戦後になって、セレベス島でアメーバ赤痢にかかって戦病死《せんびようし》したとの通知を受けるが、遺骨は戻ってこなかったようだ。

寺山の秀句《しゆうく》に、「目つむりていても吾《あ》を統《す》ぶ五月の鷹《たか》」がある。

この場合の「鷹」は、精神分析でいう〈超自我《ちようじが》〉のように、禁止の役割を担《にな》うことで「吾」を統制するもの。つまり、象徴化された「父」を意味していよう。その「父」の不在のもとで、寺山は「吾」を形成しなければならなかった。

「父の墓標はわれより低し」が悲哀よりも、どこか力強い宣言に聞こえ、また、類歌の「父の思想も超えつつあらむ」*に勝ち名告《の》りのニュアンスを感じるとしたら、それは、「父」との葛藤を経験できなかった寺山の、逆説的《ぎやくせつてき》な希求《ききゆう》だ。

この短歌は、中城ふみ子の「失ひしわれの乳房に似し丘あり冬は枯れたる花が飾らむ」が本歌《ほんか》だと言われている。ともに喪失感を表現した短歌である。

それだけでなく、「墓標」と「似し丘」といった、〈喪失〉を象徴的に視覚化する作風が共通している。

＊父の思想も……――蝶とまる木の墓をわが背丈越ゆ父の思想も超えつつあらむ（『空には本』）。

12

アカハタ売るわれを夏蝶越えゆけり母は故郷の田を打ちていむ

【出典】『空には本』チエホフ祭

「アカハタ」新聞を売り歩く僕の頭上を、夏の蝶々が飛んでいった。ふる里では、きっと母が田を耕していよう。

作者は本当に「アカハタ」を売ったことがあるのだろうか、といった疑問とも揶揄《やゆ》とも取れる反応が起きた。

「アカハタ」とは、一九二八年に創刊された日本共産党の中央機関紙。終戦後、日本共産党の合法化に伴って「赤旗《せっき》」は「アカハタ」と表記が変更される。一九六六年に「赤旗《あかはた》」、その後「しんぶん赤旗《あかはた》」となる。

この短歌が詠《よ》まれた頃は「アカハタ」であった。しかし、作者である寺山は、「アカハタ」を売ったことなどない。

「嘘をつくな」と言われた寺山は、歌壇デビューを果たした直後に開かれた座談会*で、この短歌の反論をしている。

「短歌を第一義にして生活をそれに従属さしてゆく恰好《かっこう》で自分は立って売らなくてもアカハタを売る意識の中に住めたということ。そういう可能性のフィクションをやってゆかなきゃ、――みんな自分の生活を歌の上で過大評価しすぎると思うんだ。」

これと同様のことを、寺山は既に「入選者の抱負」*でも書いていた。

「僕は決してメモリアリストではないことを述べようと思う。僕はネルヴァル*の言ったように『見たこと、それが実際事であろうとなかろうと、とにかくはっきりと確認したこと』を歌おうと思う」と、その後の揶揄を先取りするような、短歌論を主張していた。

「作者イクォール*（詩における）発話者」は、病人の独白を成立させた正《まさ》岡《おか》子《し》規《き》*の晩年の歌境を敷衍《ふえん》した公式だ、と言われている。短歌を、一人称の告白形式に納めてしまったのは、実は〈近代〉であった。

寺山は、そのように成立した〈近代〉の公式を逆手《さかて》にとっていたのだ。

*座談会―「明日を開く歌」（「短歌研究」一九五五・一）。

*入選者の抱負―「火の継走」（「短歌研究」一九五四・十二）。

*ネルヴァル―フランスの詩人・小説家。小説『火の娘たち』『オーレリア、あるいは夢と人生』（一八〇八―一八五五）。

*作者イクォール…―岡井隆「寺山修司における〈私性〉の発生と変貌」（一九八三）。

*正岡子規―俳人・歌人。「写生」を提唱する。歌論「歌よみに与ふる書」随筆『病牀六尺』（一八六七―一九〇二）。

13 夏蝶の屍《しがい》をひきてゆく蟻一匹どこまでゆけどわが影を出ず

【出典】『空には本』熱い茎

夏の蝶々の屍をはこぶ蟻が一匹。どこまで行こうが、自身の影を出られない。

＊三好達治《みよしたつじ》に「蟻が／蝶の羽《はね》をひいて行く／ああ／ヨットのようだ」という詩がある。生きるための餌《えさ》を運ぶといった、生き物としての泥臭い行為を、風を受けて爽快《そうかい》に走るヨットへと一気にイメージ転換した作品だ。三好の詩の「蝶」もやはり屍《しがい》のはずだが、断定の力強さを伴った直喩《ちょくゆ》表現の「ようだ」が死臭を払拭《ふっしょく》し、読者の心には転換後の清清《すがすが》しいイメージのみがストンと落ちる。

＊三好達治―詩人。詩集『測量船』『駱駝の瘤にまたがって』。詩「土」より（一九〇〇―一九六四）。

寺山の短歌も同じ素材を扱っているのに、どこか〈死〉を背負わされているといった感じが強い。

「蝶」は、民俗学的には〈死者の魂〉であったり、〈命のいぶき〉であったりする。ここでの「わが影」の「わが」とは、「蟻」のことだろう。「蝶」の羽は今、「影」となって、その「蟻」を覆《おお》う。

「影」を考えるのに、プラトン*の『国家』にある洞窟《どうくつ》の話が興味深い。洞窟の中では、囚人《しゅうじん》が奥の壁に顔を向けたまま縛られている。入口からは光が差しこむが、彼らは後ろを振りかえることができないので、それが太陽の光だとは知らない。囚人が見ているのは、常に壁に映る影のみである。

誰かが戒《いまし》めを破って初めて自分の背後に目をやると、壁の影が、太陽によって投影された自分の姿形《すがたかたち》にすぎなかったことを知るのだ。

では、短歌の「蟻」は、それが自分の作り出した「影」であると知っているのだろうか。さらに、せっかく羽を手に入れても、「蝶」のようには飛翔《ひしょう》できないと知っているのだろうか。そんな「蟻」を見つめる〈私〉は、己《おのれ》の人生の飛翔も、また幻影のなかでの出来事でしかないと理解するのだ。

＊プラトン―ギリシアの哲学者。『ソクラテスの弁明』『饗宴』（BC四二八?―BC三四八(?)）。

14

群衆のなかに故郷を捨ててきしわれを夕陽のさす壁が待つ

【出典】『空には本』熱い茎

群衆のなかにふる里を捨ててきた僕を、夕陽の指した壁が塞《ふさ》ぐ。

映画版『田園に死す』*のラストシーンを、寺山は次のように台本へ記した。

「板の間で二人（少年と母親）が食事をしていたうしろの押し入れの棚が突然、向こうに倒れ、白昼の都会の風景があらわれる。母親と私と柱時計、それと御飯を食べている膳《ぜん》を残して、あたりはビルが林立し、車がいっぱい走っている新宿の雑踏《ざっとう》。

私のかたわらには鎌《かま》が置かれたままでいる。だが、二人はまるで二十年前

＊田園に死す―カンヌ映画祭出品作。一九七四・十二、アートシアター新宿文化、他。

のある日と同じように晩御飯を食べている。うしろの雑踏の中には、二十年前の故郷の人々。その当時の衣装メイクのままで、あちこちから、ゆっくりと顔を出し、ある者はふり返って手をふり、ある者はうつむきながら、そしてある者は唄いながら、新宿の風景の中にひとりずつ消えてゆく。」

〈故郷〉の*恐山《おそれざん》と〈都会〉の新宿が、空間的に結ばれ、〈思い出〉の少年時代と〈現在〉の大人の自分が、時間的に捩《ねじ》られる。

この場面は、捨ててきたはずの〈故郷〉と〈母〉とからは、一生逃《のが》れられないことを表象《ひょうしょう》していると解釈されることが多い。

*ボードレールや*萩原朔太郎《はぎわらさくたろう》は、「群衆」のなかにあってこその孤独を発見したが、映画のラストシーンは、〈都会〉の雑踏のなかでさえ、個になれないことを見せつける。

短歌の「壁」は〈故郷〉と地続きなのだ。〈故郷〉の延長としての「壁」が、〈故郷〉から逃走してきた〈私〉をぐるりと取り囲む。

〈私〉が逃れられないのは、なぜか。それは、始めから〈故郷〉*を持っていなかったからであろうか。捨てるべき対象がないゆえに、捨てたいという気持ちからは、一生逃れられないのだ。

*恐山―青森県下北半島北部の火山。日本三大霊場の一つ。

*ボードレール―フランスの詩人。詩集『悪の華』『パリの憂鬱』(一八二一―一八六七)。

*萩原朔太郎―詩人。詩集『月に吠える』『氷島』(一八八六―一九四二)。

*故郷―37の鑑賞参照。

15

マッチ擦《す》るつかのま海に霧ふかし身捨つるほどの祖国はありや

【出典】『空には本』祖国喪失・I

マッチを擦るそのひと時、海の霧は深い。果して命を掛ける祖国はあるのだろうか。

「なんだかメロドラマみたいな短歌だね」[*]と言われ、寺山は不愉快になったようだ。

霧の波止場で、トレンチコートの襟《えり》を立てた日活映画の俳優が、両手を包むようにして煙草に火を付ける。少し俗っぽい感じがしないこともない。

寺山は、創作的な要素もある自伝抄「消しゴム」で、この短歌の制作過程に触れている。

*なんだか…―脚本家・山田太一と映画監督・伊丹十三の対話「言葉使いの劇場」(一九八三)この発言は山田太一。

三年間の入院を終えた寺山は、二十二歳。新宿区諏訪町の六畳一間のアパート幸荘《みゆきそう》に暮らし始める。生活のために、ノミ屋（私設馬券屋）の電話番やポーカーのディーラー（カード配り）の仕事につく。

チャイナタウンで、賭博《とばく》用のカードの卸売業《おろしうりぎょう》をしていた四十二歳の中国人・李《り》と知り合う。ある日、仕事のあいまに、二人で横浜の海を見に行く。その夜は霧が深くて、お互いに黙って、いつまでも「べつべつの海」を眺めていたと書く。

そのときに作ったのが、冒頭の短歌である。

自伝抄によれば、港には国籍の違う二人の男がいたことになる。また、二人が立っていた場所は横浜、つまり日本である。

「身捨つるほどの祖国」が「べつべつの海」の先にあるとするならば、寺山の「祖国」は日本であり、李の「祖国」は中国になろう。そして、男たちは、「祖国」にそれぞれの想いを馳《は》せていた。

日本人は自国の舵《かじ》取りを憂《うれ》いていたのかもしれない。中国人は祖国に残してきた家族を心配していたのかもしれない。

だが、ふと、中国の存亡は、深いところで日本の舵《かじ》取りに繋《つな》がっているのではないかとの疑念が、頭をもたげてくる。詩句「祖国はありや」の前に隠れている語句は、〈彼の〉であるのかもしれないのだから。

港に立っているのが、二人だというのは重要だ。短歌上の〈私〉は、日本ではなくて〈彼の〉祖国の存亡に心痛《しんつう》していたのではないか。

この挿話《そうわ》が事実であるかどうかは、ここでは問わない。仮に事後的な創作だったとしても、この話を知る以前の読者が、盲目的に〈私の〉祖国と解釈していたことが露見しさえすれば、それで良い。

この短歌にも類歌がある。「*酔いて革命誓いてし人の名」を知らないまま憂国《ゆうこく》を語り合うもの。「*手の大きな同志に怒りよみがえれ」と発憤《はっぷん》を促すものなど。深い霧は、このあとにくる政治の季節を予感させる。

そのような時代の「霧」を感じ取った学生は、確かにいた。国学院大学の*岸上大作《きしがみだいさく》である。彼は恋に破れ、「*寺山修司論」を残して、自殺する。

岸上には、寺山短歌を本歌としたような歌がある。

「意志表示せまり声なきこえを背にただ掌の中にマッチ擦るのみ」

寺山の短歌が、「霧」を前にして逡巡《しゅんじゅん》しているのに対して、岸上の短歌は、イエスかノーかの二者択一を迫る。岸上にとって踏みとどまることは、

*酔いて革命……—外套の酔いて革命誓いてし人の名知らず海霧ふかし（『空には本』）。

*手の大きな……—手の大きな同志に怒りよみがえれ海霧ふかき夜にわかれて（『血と麦』）。

*岸上大作—歌人。歌集『意志表示』（一九三九—一九六〇）。

*寺山修司論—「短歌」（一九六〇・十二）。

ノーを意味する。

岸上は「寺山修司論」で、寺山が多様な状況へ〈われ〉を設定するのは、拡大する国家独占資本主義社会への呼応であり迎合《げいごう》に過ぎない、と批判した。〈われ〉の拡散は、二者択一からの逃げであり、〈われ〉の喪失しかもたらさないと論じた。岸上は、恋と革命に〈抒情《じょじょう》〉を見たのだ。

岸上にとって〈抒情〉とは、二者択一のように、濁《にご》りのない純粋《ピュア》な精神であらねばならなかったのだろう。逆に言えば、恋と革命を、勝敗だけの狭い世界に閉じ込めてしまった。

岸上は勝敗にこだわった。一方で、寺山は勝ちとは何かにこだわった。だから、後年の寺山は、政治的な実践の前で踏みとどまり、舞台空間で召使い役に「*叛乱《はんらん》するのに思想はいらぬ。マッチ一本あればよい」と叫ばせたのだ。

＊叛乱するのに―演劇『奴卑訓』。一九七八・一、東京国際貿易センター、他。

16　きみのいる刑務所とわがアパートを地中でつなぐ古きガス管

【出典】『血と麦』砒素とブルース・1　彼の場合

君のいる刑務所と僕の住むアパートを、地中でつないでいる古いガス管。

地中でつなぐ「ガス管」は、ときに「地下水道*」になったり「地下鉄*」になったりする。寺山が、地下の目には見えない活動を短歌に詠むとき、すべてが皮膚《ひふ》の下の血管を流れる熱き〈血〉の比喩に想える。

一九六八年秋、寺山と同郷の十九歳の少年が、盗んだ拳銃で四人の人々を射殺した。のちに『無知の涙*』でベストセラー作家になる死刑囚・永山則夫《ながやまのりお》である。

＊地下水道…—地下水道をいま通りゆく暗き水のなかにまぎれて叫ぶ種子あり（『血と麦』）。

＊地下鉄…—地下鉄の入口ふかく入りゆきし蝶よ薄暮のわれ脱けゆきて（『血と麦』）。

＊無知の涙—一九七一、合同出版。永山則夫は、一九四

寺山は幾度か永山について書き、面会までしている。はじめは共感を示すような文章が、徐々に嫌悪と批判になっていく。永山も獄中から、『*反―寺山修司論』を出版して反論する。

お互い「幸荘《みゆきそう》」という名のアパートに住み、「津軽人特有のひがみとこんじょうまがり」をどこかに持っていて、根深い母への愛憎《あいぞう》があった。

寺山が『*家出のすすめ』で借用した便所の落書き、

「母ちゃん　手おくれだ　殺してしまった」

の舞台が「函館」だったのを、永山は、自分の事件の軽薄な剽窃《ひょうせつ》ではないかと糾弾《きゅうだん》した。しかし、このエピソードは、永山の事件よりも前に記述されており、皮肉にも、永山が模倣《もほう》する側になってしまったのだ。

寺山が一九六〇年代初頭において〈虚構〉として創作したことを、永山が一九六〇年代後半の〈現実〉でなぞることになってしまった*経違は、〈虚構〉と〈現実〉の単純な二分法の無効化を迫る。

もちろん、短歌における「きみ」とは永山則夫ではない。エクソダス（脱出）を誤った一人の犯罪者と、しがない生活から、日夜エクソダスにつとめる一般市民は、塀によっては隔てられない何かでつながっているのだ。

九年に北海道網走市で生まれ、六歳のときに青森県板柳町へ移る。

*反―寺山修司論―一九七七、玄曜社。

*家出のすすめ―永山が読んだのは、角川文庫（一九七二）。『現代の青春論』（一九六三）が文庫化にともない『家出のすすめ』と改題。細田和之は、永山の錯誤を状況的に単行本を確認できなかったからとみている。

*経違―細田和之『永山則夫―ある表現者の使命』（二〇一〇）。

17

麻薬中毒重婚浮浪不法所持《まやくちゅうどくじゅうこんふろうふほうしょじ》サイコロ賭博《とばく》われのブルース

【出典】『血と麦』砒素とブルース・2　肉について

麻薬中毒、重婚、浮浪、不法所持、サイコロ賭博。それが僕のブルース。

ブルースは、十九世紀のアメリカ南部に起源を持つ。父祖の地アフリカから奴隷《どれい》として連行されてきた黒人たちが、プランテーションでの苛酷《かこく》な労働のなかで、苦悩と絶望感を即興《そっきょう》で歌った。彼らには歌うことだけが許された行為で、四拍子で区切られた悲哀の響きは、自由と大地アフリカへの憧れが隠れていた。ジャズの母胎《ぼたい》の一つとなった音楽である。

われわれの社会にも、「麻薬中毒」「重婚」「浮浪」「不法所持」「サイコロ賭博」などに頼らなければ生きていけない者たちがいる。憂鬱《ブルー》な気分に、節《ふし》をつけて吐き出していた黒人奴隷のように、彼らは不法なことによって、憂鬱《ブルー》な気分を晴らすのだ。

寺山は、老婆や気狂い女や大道芸人など、社会的に役に立たないと差別される人々に惹《ひ》かれた。そして、社会の中心から疎外《そがい》された者たちの声を、自分の作品に引き入れて使った。

古典だけでなく、ほぼ同時代の表現さえも、自作に引き入れて使う寺山の方法を、世阿弥の『*花伝書《かでんしょ》』をもじって、〈訛伝《かでん》〉と見た評*がある。世阿弥が「本説《ほんぜつ》正しく」と指南するとき、謡曲《ようきょく》作者は典拠《てんきょ》通りに拵《こしら》えなければならない。〈訛伝〉とは訛《なま》って伝わるの意で、「本説歪《ゆが》んで」となろう。

本場のブルースが、特徴あるしゃがれ声で歌われるなら、この短歌も、沈《ちん》淪《りん》した人々の憂鬱《ブルー》な気分を、訛声《だみごえ》で歌っているとみてよい。「演劇実験室・天井桟敷《てんじょうさじき》」の劇団員募集の広告が「怪優《かいゆう》奇《き》優《ゆう》侏儒《しゅじゅ》巨人《きょじん》美少《びしょう》女募集《じょぼしゅう》」といった、*助詞抜きの名詞の羅列《られつ》で表現されたのは、このような短歌の技巧の名残《なごり》かもしれない。

*花伝書―「風姿花伝」(一四〇〇年頃)。能楽の理論書。

*評―堂本正樹「胞詩訛伝」(一九六三)。

*助詞抜き―運転手移民刑務所皿洗い鉄道人夫われらの理由(『血と麦』)。

18

わが母音むらさき色に濁《にご》る日を断崖にゆく瀆《けが》るるために

【出典】『血と麦』血・第四楽章

わが母音の音色が紫色に濁る日。断崖に行く、自慰するために。

写真集[*]『犬神家の人々』の「母地獄の章」には、母の若い頃の写真を切り裂き、その破片を赤い糸で縫《ぬ》って修復した作品が掲載されている。

副題に「幻想写真館」とあるこの写真集の序文には、写真とは「真を写す」のではなく「偽を作る」と書かれているが、だからと言って、母の肖像写真で作ったそれを、単なる「偽」として片付けるわけにはいかない。

この「血・第四楽章」は十三首からなり、他に「自らを瀆してきたる手[*]」

*写真集―一九七五、読売新聞社。

*自らを瀆して…―自らを瀆してきたる手でまわす顕微鏡下に花粉はわかし（『血と麦』）。

や、「*われに触れゆきてなまぬるき手の牧師」といった、性的なイメージを喚起《かんき》させる歌が収められている。

歌人・*塚本邦雄《つかもとくにお》が「*作品にあらはれる母の幻像の、あやふく相姦に瀕《ひん》するまでのなまめかしさ、それはむらさきに濁る『母音《ヴオカール》』と言ふ言葉にさへ及んでゐる」と的確に指摘したが、「母」を詠んだ多くの寺山短歌を解釈するのに、この観点は外せない。

寺山は「告白」を嫌った。「*内実を表出する」ためにではなく、むしろ「内実をかくすため」に詠むのだと言うが、この短歌ではどうだろう。

日本語を声にするとき、そこには確かに「母音」と子音が発せられている。文字（ひらがな）の表記では、その二重性が顕《あら》わになることはない。だが、書かれた歌を声に出すと、ひらがな一文字の中には、必ず「母音」が隠れている。ふだん我々は、言葉を〈意味〉で聞くので、そのことを忘れているだけだ。その隠れている「母音」が「むらさき色に濁る」。「濁る」は「穢《けが》れる」でもあろう。

〈意味〉の向こう側で、隠さなければいけないことが、〈響き〉として表出している。

*われに触れゆきて…—樹となりてしまいしわれに触れゆきてなまぬるき手の牧師かえらず（『血と麦』）。

*塚本邦雄—22の脚注参照。

*作品にあらはれる…—「アルカディアの魔王」（一九七一）。

*内実を表出する—「消しゴム」（一九七八）。

19　アルコオル漬けの胎児がけむりつつわが頭《ず》のなかに紫陽花《あじさい》ひらく

【出典】『血と麦』血・第四楽章

アルコール漬けにされた標本用の胎児がぼんやりと、わが頭のなかでは紫陽花の花がおぼろげに咲く。

「生まれないのに死んでしまつた／玻璃盤《はりばん》の胎児は／酒精《アルコール》のとばりの中に／昼もなほ昏々《こんこん》と睡《ねむ》る」「生まれないのに死んでしまつた／胎児よお前の瞑《めい》想《そう》は／今日もなほ玻璃を破らず／青白い花の形に咲いてゐる」

右の詩は、三好達治《みよしたつじ》＊の「玻璃盤の胎児」第一連と第三連である。寺山の短歌と、詩想を同じくする作品だろう。

冷たく透明なガラスの壁に包まれて、標本室に陳列されている「胎児」。

＊三好達治―13の脚注参照。

畸形《きけい》ゆえに荼毘《だび》に付されることなく、死してなお個性を顕現《けんげん》させる。そこに重なるようにして咲く幻の花が、二つの作品には詠まれている。

三好の詩では、「胎児」の瞑想が「青白い花の形」であるのに、寺山の短歌では、胎児を見つめる「わが頭のなかに」紫陽花はひらく。これは、どういう違いか。

「けむりつつ」の形容が、上の「アルコオル漬けの胎児」にも、下の「わが頭のなかに紫陽花ひらく」にも係る詩句とするなら、〈私〉には、外界と内界との対象が、ともに幽《かす》かにしか捕まえられていないことを表わす。

このとき、目を開けることと目を閉じることは、同列になる。短歌の世界で、現実と瞑想《めいそう》の地平が、「けむりつつ」融和《ゆうわ》しているのだろう。

詩句「紫陽花」を使った類歌に「母の顔となり消ゆ」*や「わが頬をうずめむとするに」*がある。「紫陽花」は母のエロスを投影した花でもあった。

この「紫陽花」は、何色の花かと尋ねられても、答えづらい。なぜなら、七色変化と言われるくらいなのだから。はっきりと見えるのに、はっきりとはしないところが、想像の源泉になる。

*母の顔と……——紫陽花の芯まっくらにわれの頭に咲きしが母の顔となり消ゆ（『血と麦』）。
*わが頬を……——森駈けてきてほてりたるわが頬をうずめむとするに紫陽花くらし（『空には本』）。

20

わがカヌーさみしからずや幾たびも他人の夢を川ぎしとして

【出典】『血と麦』呼ぶ

――僕のカヌーよ、寂しくはないか。他人の夢の川岸からしか、発《た》てないというのは。――

「キャラクター」という用語で、「私」の問題を論ずる時代になった。「キャラクター」*とは、ある特徴によって現実の文脈から単体として切り取ることができる「私」であり、「私」を属性《ぞくせい》や平準化《へいじゅんか》された要素の集積として見ることである。

つまり、記号カードのような「私」のことだ。

寺山は、単語や詩句をクロスワードパズル的*に運用したために批判された

＊キャラクター――なみの亜子「寺山修司の見ていたもの」(二〇〇五)。

＊クロスワードパズル的――10の鑑賞参照。

が、今や「私」を、そのような運用の仕方で捉《とら》えだしたのである。

この「キャラクター」を、考察した論考*がある。その論は「キャラクター」ならば以前からあったではないか、と始める。

例えば、往年の国民歌手が、観客の関心を惹《ひ》くために意図的《いとてき》に作った「個性《キャラクター》」とは、楽屋裏で見せる人格とは別物で、演技によって構築された一つの様式美だった。

ところが、近年の「キャラが立つ」と表現する「キャラ」は、これとは違うようだ。

先の「キャラクター」が、プロフェッショナル性の賜《たまもの》ならば、現代の「キャラ」は、タレントにおいてさえ、生来《せいらい》的なものが強く要求される。いわゆる「天然ボケ」のようなものは「キャラ」としてより有用性が高いが、そこでは、誕生時点で既に備わっているものを重要視している、というのだ。

社会的な文脈を根拠とする「キャラクター」と、内在的な素《す》を根拠とする「キャラ」とでも言うことができようか。

だから、「キャラが立っていない」と批判されると、鉱脈《こうみゃく》のように自己の内部に向かって探索が始まる。私は、「私」を決定づける潜在《せんざい》的な何かを、

＊論考―土井隆義『「個性」を煽られる子どもたち』（二〇〇四）、『キャラ化する／される子どもたち』（二〇〇九）。

まだ発見していないという訳なのだから。

前に、死刑囚の永山則夫*にふれたが、彼は、出自《しゅつじ》からの脱却を試みた。素の自分を否定し、自らを再生させるために上京した。永山は、現代の「キャラ」を立てようと藻掻《もが》く若者のように、自己の内部に退行していった先で、現在の「私」を再生させる希望を見出そうとはしない。

永山にとって、「どこから来たのか」は邪魔なことでしかない。

寺山が共感を示したのは、その点だった。

寺山は「他人の母親を盗みなさい*」と、若者を煽《あお》るような発言をしたが、このメッセージは、「他人の過去」を盗みなさいと同義であり、出自を不変の実在としては考えてない。

一見すると、寺山の「私」は、現代の「キャラ」と同類に見えるが、潜在的なものに対する態度が真逆《まぎやく》なのだ。

歌集『血と麦』に付された「私のノオト」で、寺山は、どんな気持ちで歌をつくっているかを書く。

寺山は「人間の運命」のなかに、簡単に「私」をひっくるめてしまう決定論者たちを、にがい心でもって眺める。と同時に、ぼく自身の「運命」を、

＊永山則夫――16の鑑賞参照。

＊他人の母親を……――『現代の青春論』（一九六三）。文庫化にともない『家出のすすめ』（一九七二）と改題。

世界からもほかの人たちから切り離された「ぼくだけの運命」があると考えることも、拒否する。
『私』の運命のなかにのみ人類が感ぜられる……そんな気持ちで歌をつくっているのである。」

つまり、小さな「私」のなかに大きな「世界」が反映されているような「私」をめざして、作歌しているということだろう。

20の短歌「わがカヌーさみしからずや」は、模倣問題*とともに解釈されることが多い。他人の作品を剽窃《ひょうせつ》ばかりしている創作は、寂《さみ》しくはないのかというように。

しかし、この短歌は、本当に剽窃の寂しさだけを詠んだのだろうか。「他人の夢」とは、〈自己〉を超えた何かであり、〈体験〉を超えた何かを表象した詩句だったのではないか。

寺山は、「私」とは体験や事実を自己完結的に累積《るいせき》したものではないと知っていた。「私」にとって「他人の夢」は不可避なのだと理解していた。「さみし」とは、そのように成《な》る*「私」へ投げられた詩句なのだ。

＊模倣問題―10の鑑賞参照。

＊成る「私」―「人は〈在る〉ものではなく〈成る〉ものだ」(『現代の青春論』)。

21

一本の樫《かし》の木やさしそのなかに血は立ったまま眠れるものを

【出典】『血と麦』呼ぶ

――一本の樫の木は穏やかに立っている。けれど、そのなかを流れる血は立ったまま眠っているんだ。――

ナチス占領下、祖国フランスを守ろうと、同志たちの抵抗運動は続いていた。対独《たいどく》協力政府の司法警察の監視を逃れるようにして地下出版された新聞の一つに、匿名《とくめい》で次のような詩が載った。

「パリは……立ったまま眠る」

「勇気」と題された詩を書いたのは、愛と抵抗の詩人エリュアール*だ。

寺山は、恩師の中野トク宛《あて》*ハガキで、この詩句を引用している。

＊エリュアール―フランスの詩人。シュルレアリスム運動の主唱者の一人。詩集『愛・詩』『万人のための詩』(一八九五―一九五二)。

＊ハガキ―一九五六年八月三十日消印。ネフローゼ症候群で入院中の病室から。

ハガキには、他に「*谷川俊太郎と詩劇の書きくらべ」をする予定が書かれているが、この時分は、処女戯曲『忘れた領分』を早稲田大学・緑の詩祭《しまつり》で上演した頃だ。

21の短歌は、のちに長編戯曲の題名につかわれる。劇団四季の*浅利慶太《あさりけいた》が演出した『血は立ったまま眠っている』が初演されたのは一九六〇年七月、安保《あんぽ》闘争の盛りである。その一ヶ月ほど前に、学生の国会乱入で*樺美智子《かんばみちこ》が死去している。

演劇はテロを企《たくら》む過激な青年たちと、リンゴで一儲《ひともう》けを狙う退屈な若者たちを同時並行的に描きながら、どちらも裏切りにあって失敗するといった粗《あら》筋《すじ》で、時代の乾いた虚無《きょむ》感を表現している。

寺山には、詩人は「行為者」であるべきだが「実践」してはいけないと主張した*詩論がある。

「たとえば本気でデモの効果を信じ、テロを信じ、世直しのための実践活動家になってはいけない」と言う。詩作を、単なる机上《きじょう》の空論《くうろん》とは見ない認識だろう。

詩は横たわっていない。詩も、いつだって立ったまま眠っているんだ。

*谷川俊太郎―07の脚注参照。

*浅利慶太―演出家。劇団四季を創設（一九三三―　）。

*樺美智子―安保闘争で死亡した東大女子学生（一九三七―一九六〇）。

*詩論―「行為とその誇り―巷の現代詩とAction - poemの問題」（一九六二）。

22

海のない帆掛船《ほかけぶね》ありわが内にわれの不在の銅羅《どら》鳴りつづく

【出典】『血と麦』呼ぶ

海の無い帆掛け船が、僕のなかにある。船出の銅鑼は鳴り続けているのに、僕はいない。

「演劇実験室・天井桟敷《てんじょうさじき》」の前身となるような詩劇グループ「鳥」は、*堂《どう》本正樹《もとまさき》、*河野典生《こうのてんせい》、*嶋岡晨《しまおかしん》と寺山の四人で結成された。寺山が二十三歳のときである。

ここで、寺山は『原型細胞』という詩劇を書いている。

物語は、一人の少年が船に乗って海へ出て行くところから始まる。

少年は「海の女」に恋をする。その「海の女」に抱かれた少年は、海と空

【注】「銅羅」は、一般的には「銅鑼」だが、底本通りとする。

*堂本正樹―演出家・評論家。映画版『憂国』演出。評論『世阿弥』(一九三一―　)。

*河野典生―小説家。小説『殺意という名の家畜』『明

に分かれる青色のように、いつしか二人になっている。

　空を恋する少年は、二十歳を迎えるとき、自分のなかの十七歳の少年に「風船はもうない」と言い聞かすのだ。

　どこか母胎回帰《ぼたいかいき》を想わせる物語だが、冒頭の短歌を本歌《ほんか》の一つとしながら、詩劇へと昇華《しょうか》させた感じがする。

　寺山は、「作品解説*」で、この詩劇を自解している。

「この作品のテーマは水中といういわば閉ざされた『密室』で原型の自分が、自分のアリバイのために他人をつくりだし、その他人に失望しながらそれに頼るしかないというかなり抽象的なものである。」

　ここには、模倣問題*の反論で書いた歌論の進展《しんてん》がある。歌論での「第三者の設定」からの派生だろう。

　寺山は、短歌創作で引用した草田男の詩句を鸚鵡《おうむ》返しにして批判され、「自己なき男*」と揶揄《やゆ》されたが、これは指摘されるまでもなく、自身でも理解していた問題だった。

　例えば、詩劇にある「風船はもうない」というセリフは、空虚な幻想によってしか形を維持し得ない「私」の造型だ。だが、大人になるとともに、そ

日こそ鳥は羽ばたく』（一九三五―　）。
＊嶋岡晨―詩人。詩集『永久運動』『乾杯』（一九三二―　）。
＊作品解説―パンフレット「鳥　vol.1」（一九五九）。
＊模倣問題―10の鑑賞参照。
＊自己なき男―10の脚注参照。

の甘いメルヘンとは別れねばならないことを意味している。

この前年に、寺山は、現代短歌史で「様式論争」*と呼ばれる論争をする。相手は、のちに詩劇グループのメンバーとなる嶋岡晨である。

雑誌「短歌研究」の編集長に就任した杉山正樹《すぎやませいじゅ》は、芽吹き始めた前衛《ぜんえい》短歌の存在を決定的にするために、「前衛短歌論争」を仕組んだ。

*塚本邦雄《つかもとくにお》と*大岡信《おおおかまこと》の「前衛短歌論争」（一九五六）、*岡井隆《おかいたかし》と*吉本隆明《よしもとたかあき》の「定型論争」（一九五七）、それと、寺山と嶋岡の論争である。

まず、嶋岡は、寺山が短歌を「告白」形式から脱却させようとしているのには理解を示す。しかし、そのために、多様な状況へ任意に設定する虚構の「私」は、ただのモルモット的な「私」を弄《もてあそ》んでいるだけだと指摘する。それゆえ、寺山には真実の「私」が不在なのだ、と批判した。

それを受けて寺山は、短歌は「遊戯《ゆうぎ》」なのだと返す。

戦争が終わると、すべては自由だった。その自由を、寺山の世代はもてあました。寺山は、「遊戯」は退屈な自由を前にして思いついた、と言う。なぜなら、時代は不条理であり、その克服には、「遊戯」こそが得策であると考えたから。

＊様式論争—「短歌研究」誌上で、一九五八年七月号から六回にわたる論争をする。

＊塚本邦雄—歌人。歌集『水葬都市』『装飾樂句《カデンツァ》』（一九二〇—二〇〇五）。

＊大岡信—詩人。詩集『故郷の水へのメッセージ』、評論『折々のうた』（一九三一— ）。

＊岡井隆—歌人。歌会始選者、宮内庁御用掛。歌集『土地よ、痛みを負え』『禁忌と好色』（一九二八— ）。

＊吉本隆明—詩人・文芸評論家。評論『言語にとって美とは何か』『共同幻想論』（一九二四— ）。

かつてのように、「私」を深く掘り下げて普遍性を目指すのではなく、「ごっこ遊び」のような役割意識こそ、今の時代には必要なのだ、と説いたのだろう。

寺山は最終論考で、「様式の遊戯性」について書きたかったことを、嶋岡はまだ気づいていないのだろうかと不平を漏らしているが、二人の応答は、回を重ねるごとに嚙《か》み合わなくなっていく。

自由詩の嶋岡には、寺山が短歌の「様式」を隠れ蓑《みの》にして、「私」の追究《ついきゅう》から逃げているように見えた。寺山は自由を退屈だと言うが、本当は、自由を前にして、恐れ戦《おのの》いているだけだと言いたかった。だから、「様式」にこだわったのだと。

冒頭の短歌の「海のない帆掛船」の世界は、言葉遊びでなければ、やはり「退屈」などと悠長《ゆうちょう》なことは言ってられない。

寺山は「様式」を遊戯にして、つまり、「悲しき玩具」*を「楽しい玩具」*に変えて、この世界を乗り切れば良いと考えているようだが、嶋岡がいくら「銅羅」を鳴らしても、寺山の「私」は「不在」だった。

＊悲しき玩具—石川啄木の歌集『悲しき玩具』（一九一二）。

＊楽しい玩具—嶋岡晨「『楽しい玩具』への疑問」（「短歌研究」一九五八・九）。

23

壁となる前のセメント練《ね》り箱にさかさにわれの影埋ずめらる

【出典】『血と麦』うつむく日本人・2　小さい支那

壁にする前のセメントを練る箱に、僕の影は逆さまで埋められる。

突如《とつじょ》、壁を抜けられる能力を手にした男がいた。

彼は、*マルセル・エイメの小説『壁抜け男』の主人公。しかし、最後には、壁の中に挟《はさ》まって抜けられなくなってしまう。

寺山は、この物語を気に入っていたようで、生前最後の公演となった『*レミング』の副題は「壁抜け男」である。ただし、こちらは、ありとあらゆる壁や仕切りが消えてしまう話だ。

*マルセル・エイメ―フランスの小説家。小説『緑の牝馬』『第二の顔』(一九〇二―一九六七)。

*レミング―改訂版の副題。一九八二・一二、紀伊國屋ホール、他。

寺山が密《ひそ》かにライバル視していた三島由紀夫*にも「壁」の挿話《そうわ》を持った小説がある。

長編小説『鏡子の家』には四人の男が登場するが、彼らは壁を前にしたらどうするか、といった問答をする。

それは時代の壁か、社会の壁かはわからない。ただ、少年の頃には、壁はすっかり瓦解《がかい》していて、地平線から昇る太陽を眺めることが出来た。

学生拳闘家《けんとうか》は「壁をぶち割ってやるんだ」と拳《こぶし》をあげる。

美貌の俳優は「壁を鏡に変えてしまうんだ」と心に思う。

日本画家は「壁に描くんだ。風景や花々の壁に変えてしまえば」と考える。

そして、有能な貿易会社員が想い浮かべたことは「俺がその壁自体に化けてしまうこと」だった。

有能な会社員の応答は、寺山の短歌を解釈するのに参照できよう。

マルセル・エイメの小説の場合、壁に閉じ込められる哀れな男の末路に、読者は自分を重ねて悲嘆に暮れる。一方、寺山の短歌では、行末《ゆくすえ》を先に見てしまった悲劇だろう。「壁となる前」の箱のなかに〈私〉が見たものは、自分の将来の後ろ姿ではなかったのか。

＊三島由紀夫―小説家。小説『潮騒』『金閣寺』。三島が割腹自決をする一九七〇年に、二人は対談している（一九二五―一九七〇）。

24

きみが歌うクロッカスの歌も新しき家具の一つに数えむとする

【出典】『血と麦』映子をみつめる

君が歌うクロッカスの歌も、新しい家具の一つと数えようよ。

神楽坂の高級旅館にカンヅメになって、映画監督の篠田正浩《*しのだまさひろ》と寺山はシナリオを執筆《しっぴつ》していた。それが、「デモに参加する奴は豚だ」という台詞《せりふ》が象徴的な映画『乾いた湖』である。

そのとき寺山は、篠田が松竹歌劇団の女優・九條映子《くじょうえいこ》（現・今日子《きょうこ》）と知り合いであることを知る。

「昭和三十五年七月十日の午後、シノちゃんから掛かってきた突然の電話

＊篠田正浩—07の脚注参照。

＊昭和三十五年…—九條今日子『不思議な国のムッシュウ』（一九八五）。

で、わたし（九條）はその日の夕方、飯田橋まで出掛けていった。」

タオル地のポロシャツを着ていた寺山とあいさつを交わした九條は、ちょっと気むずかしそうな雰囲気の向こうに、気さくでユーモラスな感じをみつけたようだ。

寺山の方も、九條の印象を融通《ゆうずう》の利《き》かない理屈っぽさがあるが、ウソの言えない誠実な性格がにじみ出ていると、週刊誌で答えている。

二人の結婚式は、吉祥寺カソリック教会。谷川俊太郎夫妻を仲人《なこうど》に一九六三年の春、ささやかに執《と》り行われた。

ところが、この式に寺山の母は出席していない。というのも、結婚に反対していたからだ。親子は長い間、別居生活を強いられていたが、最近、四谷のアパートで水入らずの暮らしを始めたばかりだった。

短歌に詠まれている「クロッカス」は、背の低い小振りの花で、春を運んでくる植物だと言われている。

*与謝野晶子《よさのあきこ》が「ひなげし」の花を、フランス語の「*雛罌粟《コクリコ》」で詠んでいるが、「クロッカス」も、丸顔の可愛らしい九條の口から歌として発声されると、部屋中に軽やかな春の音をもたらしたろう。

*与謝野晶子―歌人。歌集『みだれ髪』『舞姫』（一八七八―一九四二）。

*雛罌粟…―ああ皐月仏蘭西の野は火の色す君も雛罌粟《コクリコ》われも雛罌粟《コクリコ》

25

乾葡萄《ほしぶどう》喉《のど》より舌へかみもどし父となりたしあるときふいに

【出典】『血と麦』映子をみつめる

乾しブドウを喉元から舌先へと嚙《か》み戻す。父になりたいと、ふと思う。

アルゼンチンの作家・ボルヘス*は〈父親〉と〈鏡〉との象徴的なイメージは同じだと言う。ともに、世界を写し出すことによって増殖《ぞうしょく》させ、拡散させるゆえに、忌《い》まわしいと捉える。

寺山が、「葡萄」*を短歌で詠むとき、〈成熟〉の義で用いることが多い。しかし、この短歌では「乾葡萄」となっている。

阿部和重《あべかずしげ》*に『シンセミア』という小説がある。怨念《おんねん》や因習によって重層的

*ボルヘス―小説家。小説『伝記集』『砂の本』(一八九九―一九八六)。

*葡萄―03の鑑賞参照。

*阿部和重―小説家。小説

に事件の起きる呪《のろ》われた土地を描いているが、そのタイトルには「種子―なしの」という意味が折りたたまれているようだ。断ち切れない心の闇の連鎖の裏で、継承《けいしょう》の因子《いんし》が存在しないとは、何と皮肉な命名だろうか。

「乾葡萄」には「種子」があるのに、「乾」されているため、もはや機能しない。だから、次世代の増殖を望みようがない。

寺山は、〈父親〉になることができなかった。

一九六四年に妻の九條《くじょう》映子《えいこ》が妊娠すると、すぐに友人の谷川俊太郎のところへ報告に行き、『妊娠と出産』『子供の育て方』といった本を両手いっぱいに抱《かか》えて帰って来る。

初めての妊娠なので、九條も十分に気をつけていたが、突然、部屋の中で倒れ、その結果、流産していたとわかる。

寺山は「また、すぐにできるよ」と、九條を励ましたが、二人が*子供を授かることはなかった。

詩句「かみもどし」には、なかなか飲み込めず、承認することを躊躇《ちゅうちょ》している態度が透《す》ける。

ただし、流産の件は、この短歌よりも少し後の出来事だ。

『アメリカの夜』『グランド・フィナーレ』（一九六八―　）。

*子供を授かる……――次のような類歌がある。父親になれざりしかな遠沖を泳ぐ老犬しばらく見つむ（『月蝕書簡』）。『月蝕書簡』（二〇〇八）は、田中未知編の寺山修司未発表歌集。

26

目の前にありて遙《はる》かなレモン一つわれも娶《めと》らむ日を怖るなり

【出典】『血と麦』映子をみつめる

目の前にあるのに、遠くに感じるレモンが一つ。僕だって手にする日が怖いんだ。

詩人の＊高村光《たかむらこう》太郎《たろう》は〈レモン〉をうたった。

「そんなにもあなたはレモンを待っていた／かなしく白くあかるい死の床で／わたしの手からとった一つのレモンを／あなたのきれいな歯ががりりと嚙《か》んだ」

そのとき、爽《さわ》やかな香気と共に、智恵子《ちえこ》の意識は正常に戻るのだ。

病気がちだった妻の智恵子は、統合失調症を起こす。睡眠薬での自殺未遂

＊高村光太郎―詩人。詩集『道程』『智恵子抄』。詩「レモン哀歌」より（一八八三―一九五六）。

も病状をさらに深刻化した。連日連夜の凶暴状態に悩まされた光太郎は、ついに妻を入院させることにする。

二人にとって〈レモン〉は、断ち切られた絆《きずな》を、純粋な愛の燃焼によって回復させるものだった。

寺山の新婚生活は、杉並の借家《しゃくや》から始まった。九條がカニコロッケを作り、愛犬のジルを飼い、仕事部屋では「クロッカス」の短歌*などが書かれた。

時々、親しい友人らが訪ねてきたが、そのなかに、寺山の母もいた。ただし、母の場合は、襲来《しゅうらい》と呼んだ方がよさそうだ。

夜中に、雨戸へ何かがゴツンと当たる音がする。寺山が起きて覗《のぞ》いてみると、暗闇のなかで母が投石している。放火をしたこともあるらしい。ボヤで済んだが、寺山が入院していたときの浴衣《ゆかた》で付け火した。

夫婦は、様々のことを共有していくことで成長する。しかし、共有することが怖いことだってある。共有は、常に二人の絆を強めるものだとは限らない。なぜなら、〈共有〉しなくてもよいように配慮する方が、深い絆につながることだってあるのだから。

*短歌―24の短歌参照。

27

大工町寺町米町仏町老母買ふ町あらずやつばめよ

【出典】『田園に死す』恐山・少年時代

大工町、寺町、米町、仏町がある。ああ、つばめよ、どこかに老母を買う町はないのだろうか。

*上田秋成《うえだあきなり》、晩年の随筆『胆大小心録《たんだいしょうしんろく》』に、「母売り」の毒舌がある。「お前のお袋はいくつだ、へえ八十、大切にしや、万金でも買えぬ」と言うと、「その代わり売ろうにも三文でも買い手がない」と応じる。

通俗的な道義の皮を、江戸の黒い諧謔《かいぎゃく》が剝《は》がす。

短歌で、不遜《ふそん》にも「老母買ふ町あらずや」と問うているのは、もちろん寺山本人ではなく、短歌上の〈私〉である。しかし、「*大工町」も「寺町」「米

*上田秋成―江戸の国学者・読本作者。『雨月物語』『春雨物語』（一七三四―一八〇九）。

*大工町……―松田修「本歌殺しの軌跡」（一九八三）。

町」なる地名も、実際に東奥の都市に見いだせるようだ。

寺山は類歌で、「*田園に母親捨ててきしこと」は大した思い出ではないと詠み、姨捨《おばすて》伝説のパロディー演劇『怪談・青ひげ』では、わざわざ捜し出してくれた息子に向かって、ふてぶてしくも飯を請求する母親を描く。友人が「父還《かえ》せ」と俳句を拈《ひね》ると、寺山は「母逝《い》く」と切り返す。

しかし、現実には、寺山が母親を捨てることはなかった。けれども、母の寺山はつには、捨てられた経験があったようだ。

長編叙事詩「李庚順《りこうじゅん》」の主人公の母・ヨシは捨て子である。ヨシの生みの父親の名前は「繁太郎《しげたろう》」と言った。

寺山はつが生まれたのは一九一三年。父は坂本「繁太郎」で、母は斎藤はる。二人の間に婚姻関係はなかったから、はつは非嫡出子《ひちゃくしゅっし》になる。「繁太郎」は、はつを養育しなかったが、認知《にんち》はしていた。

叙事詩には「やっと三才だったヨシは、そのときの農園の一面の青い麦と自分をめぐる人たちの冷たい仕打ちを血をふくような印象として、大きくなってからも夏になるたび」に思い出していた、とある。寺山は、短歌上の〈私〉に、はつの父「繁太郎」の役柄も背負わせていたのだろう。

*田園に……—田園に母親捨ててきしことも血をふくごとき思ひ出ならず（『テーブルの上の荒野』）。

28

売りにゆく柱時計がふいに鳴る横抱きにして枯野《かれの》ゆくとき

【出典】『田園に死す』恐山・少年時代

売るための柱時計がふいに鳴り出す。脇に抱えて枯野を行くときに。

寺山の遺作となった映画[*]『さらば箱船』は、老人と少年が、くたびれた手押車に「柱時計」をいっぱい積んで逃げ回るシーンから始まる。二人は大きな穴を掘って、その「柱時計」を埋める。

老人は「時間は、本家だけのものになったんだ、坊ちゃま！」と少年に語りかけるが、この行為は、村の〈秩序〉を一元化するために、村中の「柱時計」を埋めてしまうことで、時間の分散を封鎖《ふうさ》したことを表現している。

＊映画『さらば箱船』一九八四・九、有楽町スバル座、他。

28の短歌では、その「柱時計」が「横抱き」にされる。

寺山には「*横向きにあるオートバイ」を見ると、恋人が欲しくなるといった短歌がある。その歌では、オートバイよりも「横向き」が大事だ。

「柱時計」は常に縦《たて》に掛けられるが、それは〈縦〉の人間関係を表わしていよう。村の〈秩序〉は、家族の血縁関係をたどって、間違いなく次世代へと伝えなければならない。一方で、「横向きにあるオートバイ」は〈横〉の人間関係を連想させる。「母よりちかき人」との恋愛《アバンチュール》を、ふと望むのである。

本来〈縦〉にあるべき「柱時計」を〈横〉にして「枯野ゆくとき」、〈私〉は何を見て、何を感じるのか。

寺山は、*一本の短い髪の毛から、この世で一番短い「地平線」を想像した。ところが、あまりに短かかったので、「地平線」は、画用紙をはみ出し、机の上を超え、ずうっと遠くまで伸びていった。どこまでも伸びていくうちに、この世界の果てにまで続くのかと思えてきて心細くなり、ポロポロと涙が流れ出てくる。

「地平線」を憧れるようにして〈横〉にされた「柱時計」は、だから、もう村へ戻るべきだと鳴り出すのではないのか。


*横向きに……──冬海に横向きにあるオートバイ母よりちかき人ふいに欲し（『血と麦』）。

*一本の短い……──演劇『毛皮のマリー』。一九六七・九、アートシアター新宿文化、他。主人公のマリーがかたる話。

29

間引《まび》かれしゆゑに一生欠席する学校地獄のおとうとの椅子《いす》

【出典】『田園に死す』恐山・少年時代

――生まれる前に殺されたので、永久に欠席扱いの学校地獄。そこにある弟のための椅子。――

寺山修司に、弟はいない。

中学三年生のときに学校新聞へ寄せた作文では、架空の「妹の茶知子《さちこ》」*が登場し、高校一年生のときに学習雑誌へ投稿した俳句は、やはり架空の「青森中学、三年生」の肩書きである。だから、ここで実在の弟探しをするのは、意味がない。

短歌にある「間引《まびき》」とは、貧困などで子供を養育できないときに、親が産ま

*妹の茶知子…―田澤拓也『虚人　寺山修司伝』（一九九六）。

れたばかりの赤児《あかご》を殺すこと。生活費を助けるために、家族の人数を減らす口べらしという点からみれば、老いた親を捨てる姥捨《おばすて》と同類の行いだろう。

類歌に「*わが誕生は誰に待たれし」がある。また、「*誕生日」に運よく咲いた赤いカンナの花を、挽肉器《ひきにくき》で「ずたずた」にされたようだと形容した短歌もある。

出生時から存在自体を否定された二首だ。

同様にして間引かれる「弟」は、一体どこで生誕すればよかったのか。そして、どこに埋葬されたのだろうか。

寺山には「*死児《しじ》」の行方を詠んだ歌もある。

こっそりと田地に埋められ、忘れられていく命。「土地買人《とちばいにん》」は、死児が埋められていることも知らずに、その田地を購入する。費用は、きっと口べらしをして貯めたお金だろう。その男も、やはり「子無し」に違いない。

寺山は、連鎖していくものを見つめる。しかし、寺山に弟はいない。29の歌は、この世に始めから存在しない人間を殺すという逆説《ぎゃくせつ》だ。

そういえば、学校の出席簿は、なぜか欠席している者の方に、斜線を引く慣習である。

＊わが誕生は……橋桁にぶつかる夜の濁流よわが誕生は誰に待たれし（『血と麦』）。

＊誕生日……挽肉器にずたずた挽きし花カンナの赤のしたたる　わが誕生日（『田園に死す』）。

＊死児……死児埋めしままの田地を買ひて行く土地買人に　子無し（『田園に死す』）。

30

生命線ひそかに変へむためにわが抽出《ひきだ》しにある　一本の釘《くぎ》

【出典】『田園に死す』恐山・少年時代

――手のひらの生命線をこっそりと書き換えるために抽き出しに隠してある、一本の釘。――

寺山は色々なものを机の抽出しに隠す。

ある夏*は、学校裏の草むらで捕まえた蛍《ほたる》を、母に見せるためにそっと机にしまった。すると、夜になって火事が起こり、家は全焼してしまう。少年は「蛍の火が原因なのだ」と想う。

少年にとって机の抽出しは、〈秘密〉の世界だ。

国民的な漫画*『ドラえもん』に登場する、のび太くんの机の抽出しは「タ

*ある夏…――「蛍火抄」（一九七五）。

*漫画『ドラえもん』―藤子・F・不二雄　原作。一九六九年から、小学館の雑誌に連載。

イムマシン」になっている。短歌の「一本の釘」と同じく、人生を変えてしまう魔法の道具だ。

短歌上の〈私〉は、魔法の道具で、まさに「生命線」を変えようとしているが、線のどちらの末端をイジるつもりだろうか。最後尾の寿命なのか、それとも始まりの出生なのか。「一本の釘」は「タイムマシン」のように、未来にも過去にも行ける。

「演劇実験室・天井桟敷《てんじょうさじき》」の旗揚げ公演*『青森県のせむし男』は、*ユゴーの小説にヒントを得た芝居で、主人公は背中に大きな瘤《こぶ》をもつ。

主人公の「せむし男」には、出生の〈秘密〉があって、それを大きなお墓にして背負っているという設定。男はいつまでたっても背中から、その瘤を降せない。だから、過去を捨て、新たに人生をやり直すことができない。

この「一本の釘」も、寿命の長さを延長するためにあるのではないだろう。反対側の出生の〈秘密〉をひそかに変えるためにしまってあるのだ。

もし、手相に傷をつけても、人生を変えることができなかったら、〈私〉はどうするつもりなのか。「釘」は、わら人形を柱に打ち付けるためにも利用できると気づくかもしれない。

*青森県のせむし男―一九六七・五、アートシアター新宿文化、他。

*ユゴー―フランスの小説家。小説『ノートルダムのせむし男』『レ・ミゼラブル』(一八〇二―一八八五)。

31

たった一つの嫁入道具の仏壇を義眼のうつるまで磨くなり

【出典】『田園に死す』恐山・悪霊とその他の観察

たった一つの嫁入り道具の仏壇を、入れ眼が写るまで磨くのだ。

鏡*は〈父〉だった。世界を写し、増殖させた。

ボルヘス*の小説『エル・アレフ』では、直径三センチメートルの球体に、宇宙の総体が丸ごと写し出される。

日本には、江戸川乱歩*《えどがわらんぽ》の小説『鏡地獄』がある。こちらは、ガラスやレンズなど姿の映る物に、激しい執着心《しゅうちゃくしん》をもった男の話。男は直径四尺にもなるガラスの球体を作らせ、その内側を鏡にする。そして、ガラス玉の鏡の中

*鏡は…—25の鑑賞参照。
*ボルヘス—25の脚注参照。
*江戸川乱歩—小説家。小説『怪人二十面相』『屋根裏の散歩者』（一八九四—一九六五）。

に入り、球壁《きゆうへき》に写しだされる自らの影を見て、気が狂う。

では、短歌の「義眼」に写し出されるものは何か、と想像してみたくなる。なぜなら、「義眼」とは眼球に似せたガラス玉のことなのだから。

寺山の新・餓鬼草紙のなかに「母恋餓鬼」がある。

裏町のアパートに、「鬼」がいた。「鬼」は飢《かつ》えのため、喉《のど》が焼けるように渇《かわ》いた。水を求めて階下へ降りていくと、洗面器にあふれるような水を抱えて、息子が座っていた。「鬼」に気づいた息子は、洗面器を抱えて、いちもくさんに逃げる。仕方のない「鬼」は、足跡にしたたる水をねぶる。息子は、その舌の音を聞きながら、洗面器に自分の顔を写したかと思うと、その水を捨ててしまうのだ。

息子が洗面器のなかに見たものは、「鬼」の姿だろう。タイトルが示すように、「鬼」の子は「餓鬼《がき》」でしかない。

短歌では、「義眼」が写るまで「仏壇」を磨いているわけだから、「義眼」に写るのは、仏壇に写った「嫁」の姿だろう。ところがその「仏壇」には、かつて「嫁」だった代々の〈母〉の魂が眠っているはずだ。

〈父〉は世界を増殖させるが、〈母〉は世界を果てしなく飲み込んでゆく。

32

売られたる夜の冬田へ一人来て埋めゆく母の真赤《まっか》な櫛《くし》を

【出典】『田園に死す』恐山・悪霊とその他の観察

冬の夜、売られてしまった田んぼへ一人で来て、そっと埋めていくよ、母の真っ赤な櫛を。

「老母買ふ町」[*]へ行ったのに、「真赤な櫛」だけを売り忘れたのだろうか。

この〈赤〉に対して、「こういう土俗的な赤のイメージのいやったらしい魅力を、最大限美しく」[*]感じさせるところが、寺山短歌の特徴だと言われている。

寺山が高校二年生のときに、新聞の公募で入選した「母をたたえる」作文でも、母親の部屋には赤いカーテンが掛けられていた。

＊老母買ふ…—27の短歌参照。
＊こういう土俗的な…—馬場あき子「この後も遠くなく」（一九八三）。

また、映画版*『田園に死す』では、間引《まびき》をおえた母親が川のほとりで佇《たたず》んでいると、上流から、七段飾りの真赤な雛壇《ひなだん》が流れてくるというシーンが有名だ。

寺山が対談*でも語っているように、*近松半二《ちかまつはんじ》の『妹背山《いもせやま》』にこれと似た場面がある。親同士が不和ゆえに、愛し合っても結ばれることのない若い男女の、娘・雛鳥《ひなどり》の生首《なまくび》が、雛道具といっしょに吉野川を渡っていくのである。

類歌では、この「真赤な櫛」*で山鳩の羽毛を梳《す》くと、抜け止《や》まなくなってしまうと詠む。

「櫛」は、梳《す》くための調度だ。

*鶴屋南北《つるやなんぼく》の『東海道四谷怪談《とうかいどうよつやかいだん》』では、騙《だま》されて毒薬をあおり顔が醜く崩れた「お岩」が登場するが、その仔細《しさい》を知った「お岩」は、恨《うら》みを言いに行くのにせめて身なりを整えてからと、髪を梳くのである。

歌舞伎での髪梳きは二通り。女が男の髪を梳いて想いの丈《たけ》を伝えるものと、嫉妬《しっと》に狂った女が激しい怒りを櫛先に込めて自らの髪を梳くというもの。どちらにしろ、櫛には情念がこもる。

短歌の、売られてしまった「冬田」には、血と情念が埋められるのだ。

*映画版『田園に死す』―14の脚注参照。

*対談―歌人・塚本邦雄との対談「ことば」(一九七八)。

*近松半二―浄瑠璃作者。『奥州安達原《おうしゅうあだちがはら》』『本朝廿四孝』(一七二五―一七八三)。

*真赤な櫛…―亡き母の真赤な櫛で梳きやれば山鳩の羽毛抜けやまぬなり(『田園に死す』)。

*鶴屋南北―歌舞伎狂言作者。『桜姫東文章《さくらひめあずまぶんしょう》』『隅田川花御所染』(一七五五―一八二九)。

33

無産の祖父は六十三　番地は四五九《じごく》で死方より　風吹き来たる　仏町　電話をひけば　一五六四《ひとごろし》　隣りへゆけば　八八五六四《ははごろし》　庭に咲く花七四《なし》の八《は》七《な》荷と荷あはせて　死を積みて　家を出るとも　憑きまとふ　数の地獄は　逃がれ得ぬ！　いづこへ行くも　みな四五九《じごく》　地獄死後苦の　さだめから　名無し七七四《ななし》の　旅つづき　三味線抱きて　日没の　赤き人形になりゆく

かなしき父の　手中淫　その一滴にありつけぬ　われの離郷の日を思へ　ふたたび帰ることのなき　わが漂泊の　顔を切る　つばくらめさへ　九二《くに》五一四《こひし》　されど九二《くに》なき家もなき　われは唄好き　念仏嫌ひ　死出の山路を　唄ひゆかむか

【出典】『田園に死す』長歌　指導と忍従

無産階級の祖父は六十三（無産）歳。居住番地は四五九（地獄）で死方（四方）から、風が吹き寄る、仏町。電話番号は、一五六四（人殺し）。

隣家の番号は、八八五六四（母殺し）。庭に咲く花は七四（梨／無し）の八七（花）。荷物をまとめて、屍を積んで、家出をしても、憑きまとう。数の地獄からは、逃れはしない！　どこへ行こうが、皆四五九（地獄）。地獄・死後苦（四五九）の、宿命から、名のない七七四（名無し）の、旅続き。三味線抱えて、夕焼けの、赤い人形になっていく。哀しい父が、自瀆した。その一滴にさえありつけない。ふる里を捨てた日を想え。二度とは帰ることのない、流浪の旅の、顔を横切る、ツバメさえ、九二五一四（故郷恋し）。けれども九二（故郷）なき家もなき、僕は歌好き、念仏嫌い。さあ、冥途への山路を、歌って行こうか。

一九六〇年代前半は、近代的な理性主義への懐疑から、文化人類学《ぶんかじんるいがく》や民俗《みんぞく》学《がく》の遺産を掘り起こす作業が盛んになった。

寺山が描く幻想的な世界も、足並みを揃《そろ》えるようにして、〈地獄〉〈冥途《めいど》〉〈死児〉〈亡霊〉〈葬儀〉〈家霊〉〈犬神〉などが登場する。

高度経済成長が日本の国土を覆い、３Ｃと言われるカラーテレビ、クーラー、自家用車（カー）が各家庭に普及していくなかで、「怪優奇優侏儒巨人《かいゆうきゆうしゅじゅきょじん》美少女募集《びしょうじょぼしゅう》」の広告を出した「演劇実験室・天井桟敷《てんじょうさじき》」が旗揚《はたあ》げされるのは一九六七年。前年に北京で「文化大革命」の勝利祝賀会が催され、次年には、パリで学生主体の「五月革命」が勃発《ぼっぱつ》している。

＊特権的な肉体や見せ物小屋の復権を謳《うた》った、いわゆるアングラ演劇や、＊土《ひじ》方巽《かたたつみ》に代表される舞踏《ぶとう》の萌芽《ほうが》は、この経済成長と軌《き》を一《いつ》にしている。物質的な豊かさを目指した日本の経済成長が産み落とした、それは〈鬼子《おにご》〉だった。

　彼らが、ほとんど生活の糧《かて》にはならないパフォーマンスによって、社会へメッセージを送り続けることができたのも、彼らが不正規雇用《こよう》のアルバイトで生活を支えていたからである。このような雇用形態こそ、高度経済成長期が準備し、発展させたことだった。

　彼らの体制批判は、皮肉にも〈母〉批判だったのである。

　寺山個人について言えば、彼の幼少期は父死去・母不在のため、その後の経済成長期が描いた理想の家庭像をネガにして、家庭の欠如を見出すことになっていく。

　だから、寺山は賤別《せんべつ》された経験をもつ河原者や制外者《にんがいもの》の姿を借りて、恨《うら》み

＊特権的な……——唐十郎の演劇論。

＊土方巽——舞踏家。「舞踏とは命がけで突っ立った死体である。」（一九二八—一九八六）。

節を唸《うな》った。そして、時代のイデオロギーによって高度にデザインされた「近代都市」に、彼らを放った。お袋よ、われわれを産み落としたことを忘れるな、とでも言うかのように。

旗揚げ公演の『青森県のせむし男』に登場する女子学生の浪花節語《なにわぶしかた》りといったエキセントリックな狂言回《きょうげんまわ》しや、「日本のブルース」として大衆受けする歌謡曲への共感に、時代の動向を読み取った評*もある。

寺山は、ボードレール*の「数は一人一人のうちにあり。数は陶酔《とうすい》なり」を冒頭の長歌《ちょうか》には、口承芸《こうしょうげい》によくある「数字」の言葉遊びが多数出てくる。

援用《えんよう》するが、現代に視点を移しても、人々は住民基本台帳ネットワークのコードや無数に持つ暗証番号などによって、便利な生活を強いられている。

かつて「耳なし芳一*」が、体中に書かれたお経によって、姿が見えなくなったように、今や我々も、身近にあふれる「数字」によって消えようとしているのかもしれない。

*評—兵藤裕己『演じられた近代』（二〇〇五）。

*ボードレール—14の脚注参照。

*耳なし芳一—小泉八雲が小説『怪談』で、この伝承を取り上げた。

34

子守唄義歯《ぎし》もて唄ひくれし母死して炉辺《ろへん》に義歯をのこせり

【出典】『田園に死す』犬神・寺山セツの伝記

子守歌を入れ歯で歌ってくれた母。母は亡《な》いが、囲炉裏《いろり》の側に入れ歯だけが残る。

ルイス・キャロル*の小説『不思議の国のアリス』のチェシャ猫は、「笑い顔」を空中に残して去っていった。映画*『マトリックス』の「現実」は、全て仮想に過ぎなかった。ポー*の短編小説『使い切った男』に登場するジョン・A・B・C・スミスも、種族間の戦闘で大活躍した男のはずだが、実は「どこにも実在しなかった」。

スミスの長い足はコルク製の義足であり、インディアンの技術を応用して

*ルイス・キャロル―イギリスの数学者・小説家。小説『鏡の国のアリス』(一八三二―一八九八)。

*映画『マトリックス』―アメリカ映画(一九九九)。監督・ウォシャウスキー兄弟。敵役に、コンピュータープログラム自体が身体を獲得

作ったカツラに、義眼、つけ髭《ひげ》、義歯など、全てが擬物《まがいもの》で成り立っている。部屋の片隅には小包があって、中からは、戯《おど》けた小声が漏《も》れ聞こえる。「*いれものばかりが氾濫し、来《きた》るべき中身を待っている時代に、一体、主体とは何の喩えだというのか」と、寺山は問いかける。

しかし、これに似た問いは、古来からあった。原始仏典《げんしぶってん》にある「ミリンダ王の問い」は、仏徒沙門《しゃもん》のナーガセーナが、異郷のギリシア人ミリンダ王の問いに、「車」の比喩を使って答えるもの。車輪、車軸、車台、軛《くびき》……が「車」ではないし、それらの総体が「車」ではないし、それらとは別に「車」があるのでもない。では、一体、「車」とは何か。思想的には〈無我《むが》〉の説明として引かれるが、寺山は*演劇『奴婢訓《ぬひくん》』で、この発想を逆回転させたシーンを作っている。

まだ誰でもない男が椅子に座る。機械が、その男の頭にカツラを被《かぶ》せる。鼻の下に口ひげを捺《お》し、メガネを掛ける。義歯を入れ、義手をとりつけると、「主人」のできあがり。

では、短歌で描写された「母」のいる風景は、実在したのか。それとも、義歯や義眼を組み合わせていくと、そんな姿ができあがるとでも言うのか。

したような、エージェント・スミスが登場する。

*ポー――アメリカの詩人・小説家。詩『大鴉』、小説『モルグ街の殺人』(一八〇九―一八四九)。

*いれものばかりが……――『臓器交換序説』(一九八二)。

*演劇『奴婢訓』――一九七八・一、東京国際貿易センター、他。

35

見るために両瞼《りょうめ》をふかく裂かむとす剃刀《かみそり》の刃に地平をうつし

【出典】『田園に死す』犬神・法医学

見るためにこそ、あえて両瞼を深く切り裂こう。そのカミソリの刃に地平は映る。

ブニュエル*とダリ*が共同監督した映画『アンダルシアの犬』のファーストシーンは、満月に雲が細く棚引《たなび》くと、そこにイメージを重ねながら、鋭利《えいり》なカミソリで、女性の眼球を切り裂いていくというもの。

第一次世界大戦後に、理性の支配を脱して、〈夢〉や〈無意識〉へ比重を傾けていった芸術運動が起きた。これは、彼ら「超現実主義《シュルレアリスム》」者によって再評価された小説*『マルドロールの歌』の思想を翻案《ほんあん》した場面である。

＊ブニュエル―スペインの映画監督。映画『忘れられた人々』『昼顔』（一九〇〇―一九八三）。

＊ダリ―スペインの画家。絵画「記憶の固執」「ポルト・リガトの聖母」（一九〇四―一九八九）。

＊小説『マルドロールの歌』―10の鑑賞参照。

より「ふかく」を見るための、理性を象徴する眼の切断。日本では*北園克《きたぞのかつ》衛《え》も、この運動を推進した一人だ。彼が主宰《しゅさい》していたグループ*に大学生の寺山は入会しているし、高校生の頃につくった詩誌「魚類の薔薇」という名は、シュルレアリスムの詩*から採用された。

しかし、短歌の表記をよく見ると、当てられている字は「瞼《まぶた》」であって眼ではない。それゆえ、短歌上の〈私〉は今、両眼を閉じているのかもしれない。「瞼」を閉じることによって見られるのは、〈夢〉であろう。

ここでは、眼球の切断より、さらに「ふかく」を切断しようとしているのではないか。つまり、シュルレアリスムの〈夢〉さえも。

その切断に使われる「剃刀《かみそり》の刃」に、遠い「地平」が写っている。

「地平」を詠んだ類歌に、母の背に負われている日は「地平線揺るる」*や、「*地平をいつか略奪せむ」と望んだ、などがある。〈私〉から広大な「地平」を隠していたのは、母だったのだ。

そんなことを想いながら両眼を閉じてみると、上下の瞼によって短い地平線ができることに気づく。一番近くにある「地平」こそ、見られない。

*北園克衛―詩人。詩集『白のアルバム』『黒い火』(一九〇二―一九七八)。

*グループ―一九三五年、岩本修蔵らと結成した「VOU」クラブ。

*詩―瀧口修造(一九〇三―一九七九)の詩「地球創造説」から。

*地平線揺るる…―地平線揺るる視野なり子守唄うたへる母の背にありし日以後(『田園に死す』)。

*地平を…―息あらく夜明けの日記つづりたり地平をいつか略奪せむと(『田園に死す』)。

36

かくれんぼの鬼とかれざるまま老いて誰をさがしにくる村祭

【出典】『田園に死す』子守唄・捨子海峡

かくれんぼの鬼役が解かれないまま年を取る。誰を探しに来るのか、村祭。

寺山は、「まだ無償だった頃の大学生嶋岡晨《しまおかしん》はこんなに明晰な主題の詩『かくれんぼ』を書いていたのである」と、かつての論争相手の詩を評している。嶋岡の詩は次のとおり。

「木の中へ　女の子が入ってしまった／水たまりの中へ　雲が入ってしまうように／出てきても　それはもうべつの女の子だ／もとの女の子はその木の中で／いつまでも鬼を　まっている」

＊まだ無償……―『戦後詩』（一九六五）。

＊論争相手―「様式論争」のこと。22の鑑賞参照。

作詩されたのは一九五一年、二人が出会う以前である。

「かくれんぼ」は、寺山が終始くりかえした主題*だ。この児戯《じぎ》で体験する孤独感は、人が自我の目覚めで味わうことに似ている。自分は一体何者なのかといった自問は、誰もが幼いころに経験しよう。映画版*『田園に死す』は、この「かくれんぼ」のシーンから始まる。かくれんぼの鬼にされて目をつむり、「もういいかい」と尋《たず》ねて再び目を開けると、誰もいない。その間に異次元の時間が流れて、自分だけは子どものままなのに、遊び友だちはすっかり大人の姿になっているというもの。

セピア色で撮《と》られた画面は、大人に成長した友だちの〈未来〉の姿の方こそが、本当は〈過去〉ではないのか、と観る者を錯覚《さっかく》させる。

今頃になって一体誰を探しに来たの、と短歌の「鬼」に尋ねたら、何と答えるのだろう。ふる里を立ち去った者も、死んでこの世をあとにした者も、「村祭」の日には帰ってくる風習が日本にはある。

でも、嶋岡の詩にある「もとの女の子」のように、「鬼」の私は、あの頃の「私」を探しに来たのかもしれない。

*主題―俳句「かくれんぼ三つかぞえて冬となる」や童話「かくれんぼ」「かくれんぼの塔」、自叙伝『誰か故郷を想わざる』など。

*映画版『田園に死す』―14の鑑賞参照。

37

わが息もて花粉どこまでとばすとも青森県を越ゆる由なし

【出典】『田園に死す』家出節・家畜たち

僕の吹く息で花粉をどこまで飛ばそうとも、青森の県境を越えるわけはない。

寺山の父・八郎は、一九三二年に警察官になってから、戦地に応召《おうしょう》されるまで、相次ぐ転勤をする。とくに修司が生まれてからは、ほぼ一年刻みに青森県内を移っていく。弘前署、五所川原署、浪岡署、青森署、八戸署の勤務のたびに、家族は引っ越しを余儀《よぎ》なくされた。

だから、寺山には故郷はなく、*故郷たちがあったと評される。

*室生犀星《むろうさいせい》が、詩「小景異情」で「ふるさとは遠きにありて思ふもの／そし

*故郷たち……─松田修「本歌殺しの軌跡」（一九八三）。

*室生犀星─詩人・小説家。詩集『抒情小曲集』小説『性の目覚める頃』。「小景異情その二」は「ふるさとは遠きにありて思ふもの／そして悲しくうたふもの／よしや／うらぶれて異土の乞食

て悲しくうたふもの」と詠んだが、寺山には、振りかえって思い出す〈小景〉など無かったのかもしれない。上京してから心に描く故郷で、此処《ここ》だといった風景は見つかっていなかったのではないか。

犀星が、「帰るところにあるまじや（帰るところだなんて、とんでもないよ）」と嘆いたのに倣《なら》えば、寺山は、「帰るところはあるまじや（帰るところなんて、あるはずがない）」と呟《つぶや》いたとも言える。

寺山は、下北半島の地図を眺めながら、ドストエフスキー*の小説『罪と罰』の主人公・ラスコーリニコフ青年が、守銭奴《しゅせんど》の老婆の脳天をたたき割った斧《おの》*を想い起こす。斧で一撃を食らわせると、脳天は大きく凹《へこ》み、その中心部に、寺山が育った青森市を位置づける。

故郷を呪われた土地として創作し直すことで、自分と帰るべきところを繋《つな》ぎ止めるしかなかったようだ。

詩句「花粉」は、性的な*イメージを伴いながら、「種子」との対《つい》で理解できる。受粉しなければ、いくら若さを風にのせて飛んでいっても、辿《たど》り着いた大地で次世代を産み出すことはないのである。

となるとても／帰るところにあるまじや／ひとり都のゆふぐれに／ふるさとおもひ涙ぐむ／ そのこころもて／遠きみやこにかへらばや／遠きみやこにかへらばや」（一八八九―一九六二）。

＊ドストエフスキー―ロシアの小説家。小説『悪霊』『カラマーゾフの兄弟』（一八二一―一八八一）。

＊斧…―老木の脳天裂きて来し斧をかくまふ如く抱き寝るべし（『田園に死す』）。

＊性的なイメージ―自らを瀆してきたる手でまわす顕微鏡下に花粉はわかし（『血と麦』）。

38

寿命来て消ゆる電球わがための「過去は一つの母国」なるべし

【出典】未刊歌集『テーブルの上の荒野』テーブルの上の荒野

寿命が来て消える僕の電球。「過去とは一つの母国である」に違いない。

ハートリー*の詩句「過去は一つの異国である」より借用された短歌だ。しかし、自分の「過去」から、あれほど自由になろうとしていた寺山ならば、「異国」とした典拠《てんきょ》の方がより寺山らしい。

寺山はある小説で、〈過去《ストーリー》〉とルビが振ってあるのを目にする。本の内容が、アメリカの黒人差別からくる濃密な「実体験」に根ざした解放宣言だったので、この翻訳者は、その理念を無視したのではないかと訝《いぶか》る。

＊ハートリー―イギリスの小説家。（一八九五―一九七二）。小説『媒介者』『第六天国』。

そして、*〈過去《ストーリー》〉と〈過去《エクスペリエンス》〉の対立から、ルビとしてどちらを選択するかはたいへん重要だと考える。ここには「去りゆく一切は比喩に過ぎない」といった思想が垣間《かいま》見えよう。

若いころに腎臓《じんぞう》を患《わずら》って三年間の入院生活を送った寺山が、病室で出会い夢中になった書物に、*シュペングラーの『西洋の没落』があった。

寺山は、この歴史書の思考法は個人の思い出にまで敷衍《ふえん》できると考え、進歩も財産も合理主義も文明さえも一切が〈虚構〉にすぎない、と読解した。だから、寺山にとって〈過去〉とは、体験《エクスペリエンス》といった事実ではなく、虚構という物語《ストーリー》なのである。

そうであるなら、短歌の詩句「過去は一つの母国」なるべしは、「物語は一つの母国」なるべしといった意味で解釈しなければならない。

さらに、宮沢賢治が*「わたくしといふ現象」を*「電球」に見立てていたことを想い起こせば、消えながら「過去」を残すのは「わたくし」だと言えよう。

*過去―「幸福論」（一九六九）。

*シュペングラー―ドイツの歴史学者。ヨーロッパ中心主義を批判した『西洋の没落』は、生成から没落にいたる有機体の過程を諸文化に適応したもの（一八八〇―一九三六）。

*わたくし…―詩集『春と修羅』の序「わたくしといふ現象は／仮定された有機交流電燈の／ひとつの青い照明です」。

*電球―九條今日子によれば、寺山はビリッとくるのが好きじゃないといって、電球の取り替えを苦手としたようだ。

39

人生はただ一問の質問にすぎぬと書けば二月のかもめ

【出典】未刊歌集『テーブルの上の荒野』煮ゆるジャム

――人生とはたった一つの質問に過ぎないと書くと、二月のかもめ。――

寺山は生前、三冊の歌集を刊行した。

第一歌集『空には本』　的場書房、一九五八年六月、二十二歳。
第二歌集『血と麦』　白玉書房、一九六二年七月、二十六歳。
第三歌集『田園に死す』　白玉書房、一九六五年八月、二十九歳。

『田園に死す』の「跋《ばつ》」で、寺山は次のように書く。

「これは、私の『記録』である。自分の原体験を、立ちどまつて反芻《はんすう》してみることで、私が一体どこから来て、どこへ行こうとしているのかを考えてみることは意味のないことではなかったと思う。もしかしたら、私は憎むほど故郷を愛していたのかも知れない。」

「地球儀を見ながら私は『偉大な思想などにはならなくともいいから、偉大な質問になりたい』と思っていたのである。」

短歌に挿《さしはさ》まれた一種の警句「人生はただ一問の質問にすぎぬ」は、*芥川《あくたがわ》龍之介《りゅうのすけ》のアフォリズムを連想させよう。

死の一年ほど前、寺山は谷川俊太郎と「ビデオ・レター」*の交換を始める。その作品で、肝硬変《かんこうへん》に侵され衰弱した生身の体を撮影した映像を挿入《そうにゅう》した。

その映像を観る者は、〈現実〉の身体を〈虚構〉に納めたのか、それとも〈現実〉の身体が〈虚構〉を浸食《しんしょく》したのか、と問わずにはいられない。

さて、この「質問」の内容は一体何であろう。「私とは、誰か」だろうか。この問いに、寺山は〈他人の言葉〉をコラージュ（貼り交《はま》ぜ）して答えた。「私とは、在るか」——そんな自問をする一羽のカモメが、二月の寂しくとも自由な空を、今、飛んでゆくのだ。

*芥川龍之介—小説家。アフォリズム「人生は一行のボオドレエルにも若《し》かない」（『或阿呆《あるあほう》の一生』）。小説『羅生門』『蜘蛛の糸』（一八九二—一九二七）。

*ビデオ・レター—各自がビデオカメラで撮影した「映像」を、往復書簡として交換したもの。一九三二年九月から始められ、計十六本のビデオが残っている。

歌人略伝

昭和十年（一九三五）十二月十日、警察官の父八郎、母はつの長男として青森県弘前市紺屋町に生まれる。（戸籍では翌年の一月十日、届け出が遅れたというのが通説。）五歳で父が召集《しょうしゅう》。昭和二十年（一九四五）、青森大空襲で焼け出された母子は、親戚が営む古間木《ふるまき》（現三沢）駅前の寺山食堂に間借りする。終戦後、父がセレベス島で戦病死したとの公報が届く。十三歳のとき、母が福岡県の米軍キャンプへ出稼ぎに行くため、青森市で映画館を経営する大叔父夫妻に預けられる。昭和二十六年（一九五一）、県立青森高校に入学。在学中に京武久美《きょうぶひさよし》らと全国の十代の俳句誌「牧羊神《ぼくようしん》」を創刊する。早稲田大学教育学部への入学を機に上京。中城ふみ子の短歌に刺激されて第二回作品五十首に応募し、「チエホフ祭」が特選を受賞する。しかし、模倣問題で歌壇は騒然となる。十九歳でネフローゼ症候群を患い、約三年間の入院生活を余儀なくされる。昭和三十二年（一九五七）、短歌、俳句、詩、エッセイを含んだ『われに五月を』を刊行するが、死と隣り合わせの寺山にとっては、処女作にして遺作となるかもしれぬ作品集だった。歌集は『空には本』『血と麦』『田園に死す』の三冊。谷川俊太郎のすすめでラジオドラマを書き、映画のシナリオも執筆する。女優の九條映子と結婚。昭和四十二年（一九六七）に「演劇実験室・天井桟敷《てんじょうさじき》」を旗揚《はたあ》げして芝居の世界に没入する寺山は、四年後に未刊歌集『テーブルの上の荒野』を含む『寺山修司全歌集』を自ら編《あ》んで、事実上の歌のわかれをする。昭和五十八年（一九八三）五月四日没。享年四十七歳。しかし、生前に書きためていた短歌は、未発表歌集『月蝕書簡』（田中未知編、二〇〇八）として日の目を見る。

略年譜

年号	西暦	年齢	寺山修司の事跡	歴史的事跡
昭和　十年	一九三五	0	青森県弘前市に生まれる。	
昭和　二十年	一九四五	9	父がセレベス島で戦病死。	ポツダム宣言受諾
昭和二十四年	一九四九	13	母が出稼ぎのため、大叔父夫妻に預けられる。	中華人民共和国成立
昭和二十六年	一九五一	15	県立青森高校に入学。	対日講和条約調印
昭和二十八年	一九五三	17	全国学生俳句コンクール企画。	
昭和二十九年	一九五四	18	俳句誌「牧羊神」を創刊。早稲田大学教育学部に入学。第二回五十首応募作品で「チエホフ祭」が特選。	ビキニ水爆実験
昭和　三十年	一九五五	19	ネフローゼ症候群のため入院。	
昭和三十一年	一九五六	20	青年歌人会議に参加。	
昭和三十二年	一九五七	21	第一作品集『われに五月を』刊行。	人工衛生スプートニク打ち上げ
昭和三十三年	一九五八	22	第一歌集『空には本』刊行。	

昭和三十五年	一九六〇	24	戯曲『血は立ったまま眠っている』を上演。	全学連、国会突入 東大生・樺美智子死去
昭和三十七年	一九六二	26	第二歌集『血と麦』刊行。	キューバ危機
昭和三十八年	一九六三	27	九條映子と結婚。	ケネディ大統領暗殺
昭和　四十年	一九六五	29	第三歌集『田園に死す』刊行。 詩論『戦後詩』刊行。	
昭和四十二年	一九六七	31	「演劇実験室・天井桟敷」を設立。旗揚げ公演『青森県のせむし男』。	第三次中東戦争
昭和四十四年	一九六九	33	渋谷に天井桟敷館が落成。 作詞した唄「時には母のない子のように」が大ヒット。	ベトナム反戦デモ アポロ11号月面着陸
昭和四十六年	一九七一	35	『書を捨てよ町へ出よう』がサンレモ国際映画祭グランプリ。 『寺山修司全歌集』刊行。	沖縄返還協定調印
昭和　五十年	一九七五	39	句集『花粉航海』刊行。	
昭和五十八年	一九八三	47	死去。	

解説　世界の涯《は》てにある〈われ〉――葉名尻竜一

墓場まで何マイル？

私は肝硬変で死ぬだろう。そのことだけは、はっきりしている。だが、だからと言って墓は建てて欲しくない。私の墓は、私のことばであれば、充分。

（「週刊読売」一九八三年五月二十二日号）

一九八三年五月四日（水）午後零時五分、肝硬変《かんこうへん》と急性腹膜炎《きゅうせいふくまくえん》による敗血症《はいけつしょう》ショックのため、東京都杉並区にある河北総合病院にて死去。享年四十七歳。十九歳のときに腎臓《じんぞう》を患い、その治療で使用した血漿蛋白《けっしょうたんぱく》中に肝炎ウィルスが混入しており、後年、肝硬変を発症したと推定される。

詩人・谷川俊太郎の従兄弟でもある主治医の庭瀬康二は、一九八一年に初めて寺山を診察したとき、以前入院していた北里病院のデータから、完治の望みはなし、と密かに判断している。医師として、寺山の余命をどれくらいコントロールできるかを念頭に、その年の九月、元妻の九條今日子や谷川俊太郎を交えて治療の計画会議が開かれる。寺山自身からは「今、四十五歳である。あと五年間だけは演劇をやりたい。その後十年間は文筆一本にしぼる。だからとにかく六十までいかしてくれ」と、人生プランが提案された。

このときから、月一度の往診に採血による肝機能の測定など、寺山の生活全般にわたる指導が始まる。途中、肝臓ガンへの移行と疑わしきデータ結果も出ていたようだ。

死の四ヶ月程前、寺山を励ますパーティーの席上で、庭瀬医師は寺山に大胆な質問を投げかけている。

「あなたは、なぜ死を恐れるのか。」

隣の部屋のことよりも、遠く離れたニューヨークをよく知る現代人に対して、なぜ近くのものを恐れるのだ、と劇空間を使って突きつけるのに、どうして本人は最も近くにある自分の死を怖がるのか。核兵器をフィクションだと言い切るくらいの言葉の暴力性を持ちながら、なぜ自らの命の終末をフィクションにして、書き換えるようなことをしないのか、と。

寺山は、しばらくじっと考えて「この世への未練だ」と溢《こぼ》す。

天才的な構想力を持ってしても、近代概念としての病気、つまり病理学的意味としての肝硬変ではなく、「言葉としての肝硬変」に、寺山は翻弄されっぱなしではなかったかと、庭瀬医師は分析する。

さて、このポツリと呟いた「未練だ」という「ことば」を、寺山の「墓」の一つとして数えるべきなのだろうか。それとも、「未練だ」を「墓」と見なすことで、寺山は、あの「寺山修司」では無くなってしまうのだろうか。もしくは、「未練だ」と呟いた方の寺山こそが、本当の「寺山修司」であるのだろうか。

懐かしのわが家（遺稿）

昭和十年十二月十日に
ぼくは不完全な死体として生まれ
何十年かゝって
完全な死体となるのである
そのときが来たら
ぼくは思いあたるだろう
青森市浦町字橋本の
小さな陽あたりのいゝ家の庭で
外に向って育ちすぎた桜の木が
内部から成長をはじめるときが来たことを

子供の頃、ぼくは
汽車の口真似が上手かった
ぼくは
世界の涯てが

自分自身の夢のなかにしかないことを
知っていたのだ

（「朝日新聞」一九八二年九月一日）

われわれは他人の「死体」を外から見ることはあっても、自分の「死体」を見つめることはできない。自分が「死体」になったからといって、それは死を体験するわけではない。体験したというためには、死んだ後も生きていなければならないから。だから、死は世界の涯《は》てにある。

死は代理がきかないだけでなく、われわれは自分の死を相対する立場にも立てない。死を体験した者になれないということで、自分の死をふり返ることができない。

われわれはいつでも死のこちら側にいて、どうしてもその先へとは行けない。

寺山がよく引用したように、「死ぬのはいつも、他人ばかり」（マルセル・デュシャン）であって、われわれは常に、死よりも一歩手前にいる。

それにもかかわらず、われわれは自分が死ぬことを知っている。代理がきかず、自分にしか将来しない固有の死を知っている。

しかし、それは、追い越してふり返ることができないと知っているという形で、その先へ行っていることを意味している。その証しに、誰もが、人は死すべきだから、それに対処せよと自分に呼びかけている。死に対処して、それにふさわしい人生を送ろうと努めている。死を可能性として受け取り、自らその主人であろうとしている。

われわれは追い越せない死を何とか先取りして、自分の死を選ぼうとすることで、追い越せない死の先へ行っているのだ。

追い越せない死を先取りするとは、「もはや、いない」と考えることである。誰かが死んで、「もはや、いない」と想いながら、他人の「死体」を見つめるように、先取りするとは、自分を「もはや、いない」と考えることである。けれども、「もはや、いない」と想うことは、かえって「いた」ことを強く感じさせる。

ふだん、われわれは誰かがそこに「いた」ところで、その存在を忘れている。忘れているとは、常に気にしているわけではないという意味で、である。いるときには気にかけないのに、いなくなると、「いた」ことが前面に出てくる。それは、自分についても変わらない。

われわれは、自分がいることを忘れている。自分がそこにいても、自分を忘れている。ところが、自分を「もはや、いない」と考える（「不完全な死体」）と、自分が「いた」ことを強く感じるようになる。誰かが死んでいなくなって、「いた」と感じるように、「もはや、いない」によって、「いた」という〈裏返しの自分〉が、押し出されてくる。

「もはや、いない」のなかにある「いた」だから、〈裏返し〉である。「もはや、いない」とともにある「いた」と言い換えてもよい。

自分は考えているのだから、自分がいなくなっているわけではない。自分はいて、将来に「もはや、いない」と、考えている。

そのときの〈裏返しの自分〉は、後ろをふり返って見つけているのではない。体験的にではなく、将来において見つけている。

われわれは死んだ後も生きていて、そこからふり返ることはできない。自分の死は未だないが、その未だない将来に向かって、必ず将来する「もはや、いない」を、先取りして投げかけている。すると、その将来に、〈裏返しの自分〉が、確かに「いた」というようにして発見できるのである。

寺山は、「実際に起こらなかったことも、歴史のうちである」と言った。なぜなら、体験できないこと（「完全な死体」）が、自分の存在にとって、何にもまして固有なことなのだから。

また、「大きい「私」をもつこと。それが課題になってきた」とも言った。私性《わたくしせい》とは〈裏返しの自分〉に関わるので、真正面からは語り得ない。単なる「私」の事実や体験の告白だけでは済まないことだと知っていたから。

つまり、世界の涯《は》てにある「死」を越えてゆくこと、将来に向かって追い越せない〈われ（の死）〉を追い越すことが、寺山の〈歌う〉という行為だったのである。

読書案内

『寺山修司歌集』（現代歌人文庫3）　国文社　一九八三
　第一歌集『空には本』、第二歌集『血と麦』、第三歌集『田園に死す』を、それぞれ刊行時に遡って再現し、未刊歌集『テーブルの上の荒野』を加えた歌集。寺山短歌の生成と全体像が見渡せる。

『寺山修司青春歌集』（角川文庫）　角川書店　一九七二
　寺山自身が刊行歌集を再編したもの。『寺山修司全歌集』（一九七一）で各短歌に手を加えるが、こちらも二〇一一年に文庫化（講談社学術文庫）されて入手し易くなった。

『ロング・グッドバイ―寺山修司詩歌選』（講談社文芸文庫）　講談社　二〇〇二
　「I詩　II短歌　III俳句　IV物語　V散文詩」のラインアップ。短歌以外の短詩型文学を併せて読むことができる。

『寺山修司のいる風景―母の蛍』（中公文庫）　寺山はつ　中央公論社　一九九一
　実の母によるエッセイ。幼少の頃からのスナップ写真付。寺山に決定的な影響を与えた人物であり、母一人子一人の濃密な関係性がうかがえる。

『寺山修司・遊戯の人』（河出文庫）　杉山正樹　河出書房新社　二〇〇六
　〈前衛短歌〉のプロデューサー的役割を果たした編集者による寺山修司論。同時代の歌壇状況のなかで、歌人としての寺山の位置付けがなされている。

『虚人　寺山修司伝』（文春文庫）　田澤拓也　文藝春秋　二〇〇五

ノンフィクション作家による評伝。寺山はメディアを巧みに利用して、「寺山修司」を売りだしていったが、メディアの主流がラジオからテレビへ移行していく時代背景のなかで、寺山を描いている。

『寺山修司―過激なる疾走』（平凡社新書）　高取英　平凡社　二〇〇六
「演劇実験室・天井桟敷」の元団員で、現在、劇団「月蝕歌劇団」の主宰者による評伝。演劇や映画やサブカルチャーからの寺山像を知ることができる。

『寺山修司　死と生の履歴書』　福島泰樹　彩流社　二〇一〇
歌人による寺山短歌論。『寺山修司歌集』（現代歌人文庫3）『寺山修司短歌論集』（現代歌人文庫32）の編者でもある。「寺山修司」を題詠した短歌は、そのままで「寺山修司論」にもなっている。

『寺山修司　その知られざる青春―歌の源流をさぐって』　小川太郎　厚徳社　一九九七
第一歌集『空には本』の成立までの「青春ドキュメント」。綿密な取材調査によって、それまで知られることのなかった寺山修司が活写された労作。

『麒麟騎手　寺山修司論』　塚本邦雄　沖積舎　二〇〇三
青年歌人会議（塚本邦雄、岡井隆ら）の「長兄」で、〈前衛短歌〉を牽引した歌人による本格評論。著書の半分以上を占める「書簡篇」は、芸術論の様相を呈している。

『寺山修司著作集1～5』　監修・山口昌男、白石征　クインテッセンス出版　二〇〇九
あらゆるジャンルにまたがった膨大な著作からの基本文献が収まっている。寺山を本格的に論じようとする場合、最初に手にすることになる書物。

【付録エッセイ】

五月の死

「現代詩手帖」（思潮社　一九八三年六月一日）

谷川俊太郎

五月四日午前、主治医から夕方までもつかどうか分からないと告げられて、九條映子（現・今日子）さんと私は病院前の喫茶店で二十分ほどぼんやりしていた。そのとき不意に寺山の初めての本の題名が心に浮かんできた。〈彼の最初の歌集の題名覚えてる？〉と問うと、九條さんは〈『空には本』〉と答えた。〈いや、その前にもうひとつあったじゃない。歌集ではなかったかもしれないけれど〉

一九五七年、中井英夫の好意で作品社から詩、短歌、俳句、小品、エッセイなどをまとめて、寺山の最初の単行本が出版された。そのときも彼はネフローゼで絶対安静の身だった。題名は『われに五月を』。

四月二十二日の入院以来、ありとあらゆる医療器械にとりまかれて昏睡状態をつづける寺山を見守ってきたのだから、とっくに覚悟はできていたはずだが、『われに五月を』という題名を思い出した瞬間、私の心に哀しみと解放感をともなった不思議な感情が生まれた。

肝硬変をかかえていたとはいえ、無理をしなければまだまだ生きられたし、その残された時間に寺山がどのように変貌するか、じっくりつきあいたいと思っていたから、今回の急変に私はある口惜しさをおさえきれなかったのだが、そのとき初めて私は寺山の死を受け容れる気持ちになったのかもしれない。

何十冊にも及ぶ著作のその出発点から、彼は死のときを自分のうちに予感し、呼びこんでいたのか。だが当時二十歳という若さで死に瀕していた寺山が、死を覚悟していたとは思わない。おそらく健康な人間には思いもつかない烈しさで、彼は生きたかっただろうと思う。「五月の詩」と題された序詞には、〈二十歳　僕は五月に誕生した〉という行が、二度くり返されている。

集中に収められた作品は、その後の彼の仕事にくらべればほとんどとるに足らぬものかもしれないが、そこに死の影はおろか、病いの影すらおちていないのは、おどろくべきことだ。当時の彼にとってもっともさし迫った現実であった病と死に、寺山は全く背を向けている。

それらの作は、(発病以前のものも含めて)私的な現実を徹底して否認するところで書かれているように思える。〈――何の作意ももたない人たちを激しく侮辱した。ただ冗慢に自己を語りたがることへのはげしいさげすみが、僕に意固地な位に告白癖を戒めさせた。〉と、寺山は一九五八年に出た『空には本』のノオトに書いているが、〈はげしく侮辱〉、〈はげしいさげすみ〉と重ねられる表現には、方法論の表明として読むだけでは片づかない深い感情がひそんでいる。

詩歌においても、劇や映像作品においても、ときには単純な履歴においてすら彼は自分というものをかくしてきた。それは一貫した方法論でもあったのだが、そうした態度をとったその根本に、いわば〈私の死〉とも呼ぶべき彼の年少のころの体験があったのではないだろうか。

九歳のときに父を失い、母が働きに出たため一人暮らしをしたこと、高校文芸部の仲間ふたりが自殺していること、そして十八歳から二十二歳までネフローゼで入院生活をし、何度も死線をさまよったこと、年譜を見るだけでも彼が日常の私的な現実に背を向けたくなる材料には事欠かない。

だがそこから寺山が虚構へと韜晦したり逃避したりしたとは私は考えたくない。苛酷な私的現実をひっくり返すようなより広い現実、寺山自身の言葉をかりれば、〈私の体験があって尚私を越えるもの、個人体験を越える一つの力〉、〈たったいま見たいもの、世界。世界全部。〉（『血と麦』ノオト）それを彼はもとめた。

それは死を否認する生の力と言っていいだろう、彼にとってはそれは同時に言語の力でもあったのだ。現実の死に先立って言語によって自分自身を殺すことで、彼は誕生し、生きた。そこからしか彼は生きる力を得ることができなかった。『われに五月を』と記したとき、その〈五月〉は彼の死のときであったけれど、それは同時に彼の生そのものでもあった。

五月四日午後零時五分、心電図の針が上下動をやめ、グラフに画かれていた弱い波動が、私の目の前で一本の平坦な直線に変わった。人工呼吸器が装着されていたので、まだ生きているようだったけれど、そのとき初めて寺山は生と死とを連続させたのだ。死へと向かって成熟してゆくことを終始拒否しつづけてきた彼にとって、その瞬間は〈私〉の消滅の瞬間ではなくて、〈私〉との和解の瞬間、むしろ誕生の瞬間であるかのように思われた。

「母さんと暮らしてみよう」（抄）

『不思議な国のムッシュウ』（主婦と生活社　一九八五年四月二〇日）

九條今日子

その頃、寺山は長い間別れ別れだったお母さんと一緒に暮らしはじめていた。仕事のほうが順調にいくようになって、生活にもそれなりの余裕ができてきたのだ。

「もう、働かないでさあ、おれと一緒に住もうよ」

立川のベースで働いていたお母さんを呼び寄せて、六畳ひと間の新宿河田町のアパートから、四谷左門町のいまでいう2DKふうの広い所に移っていた。


「そのうちに会わせるよ」

寺山はそういった。でも、それはなかなか実現されなかった。早いとこ、お母さんにごあいさつをしなくちゃと思っているわたしに、寺山はそのたびごとに、

「あの人、女優に会うのが初めてだろう、だからちょっと怖いんだよ」

「だって、この間わたしのテレビを見て、女優らしくない人だねっていってたっていうじゃない」

身体の具合が悪いとか、今日は出掛けるところがあるとか、わたしが会いたいというと、寺山からの返事はいつもこんなふうで、お母さんとのご対面は一日延ばしになっていた。

「女優ってきくと、ハデな人だとか、すれっからしだとか、普通の人はそう思うのかしら」

「うん、まあね。でもそんなことはあの人にはどうでもいいんだと思うよ」

「じゃ、なに？」

「ぼくの結婚に反対してるんだ。だから相手は誰でも、いまのあの人には関係ないんだよ」

「ふーん。大変だ、これからが」

たとえわたしが女優ではなく普通の人でも、事情は変わらないだろうと、寺山はいった――やっと親子がふたりっきりで暮らせるようになった。それは長い間、お母さんが夢に見てきた、たったひとつの望みだったに違いない。なにもいま、ふたりの間に他人を割り込ませることはないじゃないか……。

「でもね、ぼくのミスだね。いま、後悔してるんだ。一緒に住もうなんていわなきゃよかった」

「でも、お母さんの気持ちもわかるような気がするわ。話し合えばどんな人でもわかってもらえるんじゃない？」

「生まれてこなかった赤ちゃん」（抄）

台所に立っていると、なんだか気持ち悪くなってモドしそうな日が続き、病院に行って初めて、妊娠したのだと気づいた。

昭和三十九年の暮れだった。

寺山はさっそく谷川さんの所へ報告に行き、『妊娠と出産』『子供の育て方』といった本を両手に抱えて帰ってきた。

わたしはツワリがひどくて、とても本どころじゃなかったけど、寺山は毎日熱心に読んでは、いろいろと注意をしてくれていた。

〝子供ができる〟――あたり前のことだが、やはりうれしかった。

年が明けて、お正月気分も抜けた頃、わたしは急に立ちくらみがして、ふっと倒れてしまった。軽い貧血だろうと思ったが、大事をとったほうがいいだろうといって、寺山はいやがるわたしを病院に連れていった。

診療の結果、特に心配はないけれど、流産しやすい状態にあるので気をつけるようにといわれた。

谷川さんの奥さんも、

「最初の子供って大変なのよ」

ご自身も流産の経験があったので、何かと細かなことまで教えてくださった。

定期的に病院に行って、流産止めの注射を打ってもらっていたので、日常的には別にどうということもなく順調な日が続いていった。

二月に入ってすぐのことだった。

今度は、なんの前ぶれもなく、部屋のなかで突然ドタンと倒れてしまった。

「すぐ医者を呼ぶから」

倒れたのが深夜だったので、寺山がふだんからかかりつけの小川先生に来ていただいた。

寺山は少しでも風邪を引くと扁桃腺のおかげで、高熱を出す。近所ということと、青森の県立病院の院長をなさっていたというご縁で、わが家には夜中でも往診をしてくださっていた。

先生はお酒が好きでよく酔っぱらっていらしたが、注射を打つ時にはシャンとなる。

内科医の先生は、産婦人科は専門外だったので、

「わたしの診《み》たては間違っているかもしれないが……」

と前置きして、

「おなかのなかの子供は死んでいるようだ。わたしの知っている病院があるから、いまからすぐ、そこに行きなさい」

そして、あくる朝、わたしは紹介していただいた経堂の早川病院で、人工流産の手術をし

た。

小川先生の診たてどおり、おなかの子供はすでに死んでいた。

「まだ若いんだから、子供なんていつでもできるよ」

寺山はわたしをなぐさめるように、ボソッといった。

でも寺山がなぐさめてくれるほど、正直なところわたしには、それほど赤ちゃんに対して未練がなかった。

手術したその日から、寺山は仕事を病院に持ち込んで、ずっと、わたしのそばについていてくれた。

筋腫ができているから、この際流産の回復を待ってその手術もしておいたほうがよい、ということになって、入院は三週間にも及んだ。

赤ちゃんはまだ三カ月位だったので、誰もあまり悲しんだりすることもなく、お見舞いに来てくれる人たちは口を揃えて、

「また、すぐにできるよ」

と、いってくれていた。

実家の母だけは、ＳＫＤなんかで踊ったりしてたから、できにくい身体になっているのかもと、ひとり、心配してくれた。

そして、〝またできる〟はずの子供はついにできなかった。

葉名尻竜一（はなじり・りゅういち）
＊1970年名古屋市生。
＊立正大学大学院博士課程単位取得。
＊現在　立正大学非常勤講師・國學院大学久我山中学高等学校非常勤講師ほか。
＊主要論文
「寺山修司の〈机〉と平田オリザの〈机です〉」（『寺山修司研究』vol. 3）
「寺山修司・演劇への入口①⑪」（「立正大学国語国文」）
「坂口安吾と演劇」（「国文学　解釈と鑑賞」）ほか。

寺山修司《てらやましゆうじ》　　コレクション日本歌人選　040

2012年2月29日　初版第1刷発行

著者　葉名尻竜一
監修　和歌文学会

装幀　芦澤泰偉
発行者　池田つや子
発行所　有限会社　笠間書院
東京都千代田区猿楽町2-2-3［〒101-0064］
電話　03-3295-1331　FAX　03-3294-0996

NDC分類 911.08

ISBN978-4-305-70640-9 印刷／製本：シナノ
乱丁・落丁本はお取り替えいたします。　（本文用紙：中性紙使用）
出版目録は上記住所または info@kasamashoin.co.jp まで。

コレクション日本歌人選　第Ⅰ期〜第Ⅲ期

＊印は既刊。　★印は次回配本。

第Ⅰ期　20冊　2011年（平23）2月配本開始

1	柿本人麻呂＊	かきのもとのひとまろ	高松寿夫
2	山上憶良＊	やまのうえのおくら	辰巳正明
3	小野小町＊	おののこまち	大塚英子
4	在原業平＊	ありわらのなりひら	中野方子
5	紀貫之＊	きのつらゆき	田中登
6	和泉式部＊	いずみしきぶ	高木和子
7	清少納言＊	せいしょうなごん	圷美奈子
8	源氏物語の和歌＊	げんじものがたりのわか	高野晴代
9	相模＊	さがみ	武田早苗
10	式子内親王＊	しょくしないしんのう（しきしないしんのう）	平井啓子
11	藤原定家＊	ふじわらていか（さだいえ）	村尾誠一
12	伏見院＊	ふしみいん	阿尾あすか
13	兼好法師＊	けんこうほうし	丸山陽子
14	戦国武将の歌＊		綿抜豊昭
15	良寛＊	りょうかん	佐々木隆
16	香川景樹＊	かがわかげき	岡本聡
17	北原白秋＊	きたはらはくしゅう	國生雅子
18	斎藤茂吉＊	さいとうもきち	小倉真理子
19	塚本邦雄＊	つかもとくにお	島内景二
20	辞世の歌＊		松村雄二

第Ⅱ期　20冊　2011年（平23）10月配本開始

21	額田王と初期万葉歌人＊	ぬかたのおおきみ　しょきまんようかじん	梶川信行
22	東歌・防人歌★	あずまうた　さきもりうた	近藤信義
23	伊勢＊	いせ	中島輝賢
24	忠岑と躬恒＊	みぶのただみね　おおしこうちのみつね	青木太朗
25	今様＊	いまよう	植木朝子
26	飛鳥井雅経と藤原秀能＊	まさつね　ひでよし	稲葉美樹
27	藤原良経＊	ふじわらのよしつね（りょうけい）	小山順子
28	後鳥羽院＊	ごとばいん	吉野朋美
29	二条為氏と為世★	にじょうためうじ　ためよ	日比野浩信
30	永福門院＊	えいふくもんいん（ようふくもんいん）	小林守
31	頓阿＊	とんな（とんあ）	小林大輔
32	松永貞徳と烏丸光広＊	ていとく　みつひろ	高梨素子
33	細川幽斎★	ほそかわゆうさい	加藤弓枝
34	芭蕉＊	ばしょう	伊藤善隆
35	石川啄木＊	いしかわたくぼく	河野有時
36	正岡子規＊	まさおかしき	矢羽勝幸
37	漱石の俳句・漢詩＊		神山睦美
38	若山牧水＊	わかやまぼくすい	見尾久美恵
39	与謝野晶子＊	よさのあきこ	入江春行
40	寺山修司＊	てらやましゅうじ	葉名尻竜一

第Ⅲ期　20冊　2012年（平24）6月配本開始

41	大伴旅人	おおとものたびと	中嶋真也
42	大伴家持	おおとものやかもち	池田三枝子
43	菅原道真	すがわらみちざね	佐藤信一
44	紫式部	むらさきしきぶ	植田恭代
45	能因	のういん	高重久美
46	源俊頼	みなもとのとしより（しゅんらい）	高野瀬恵子
47	源平の武将歌人		上宇都ゆりほ
48	西行	さいぎょう	橋本美香
49	鴨長明と寂蓮	ちょうめい　じゃくれん	小林一彦
50	俊成卿女と宮内卿	しゅんぜいきょうじょ　くないきょう	近藤香
51	源実朝	みなもとさねとも	三木麻子
52	藤原為家	ふじわらためいえ	佐藤恒雄
53	京極為兼	きょうごくためかね	石澤一志
54	正徹と心敬	しょうてつ　しんけい	伊藤伸江
55	三条西実隆	さんじょうにし　さねたか	豊田恵子
56	おもろさうし		島村幸一
57	木下長嘯子	きのした　ちょうしょうし	大内瑞恵
58	本居宣長	もとおりのりなが	山下久夫
59	僧侶の歌	そうりょのうた	小池一行
60	アイヌ叙事詩ユーカラ		篠原昌彦

『コレクション日本歌人選』編集委員（和歌文学会）
松村雄二（代表）・田中　登・稲田利徳・小池一行・長崎　健